恋は読むもの語るもの

久我有加

新書館ディアプラス文庫

恋は読むもの語るもの

contents

illustration：梨とりこ

恋は読むもの語るもの

日比野進也がその商店街に足を踏み入れたのは偶然だった。

休日出勤をした会社からの帰り道。荒れ放題の自宅アパートに帰る気になれず、いつも使う改札とは逆側の改札から出てみたのだ。

駅から徒歩五分の商店街にはノスタルジー漂うアーケードがかかり、その下に昔ながらの小さな商店がひしめいていた。夕暮れ時とあって、近隣の住民らしき老若男女が大勢行きかっている。

ふわんと鼻先をくすぐるのは、肉屋が店先で揚げているコロッケの香りだ。二軒先にあるたこ焼き屋からも濃厚なソースの香りが漂い出ている。

しかし食欲は全く湧かない。それどころか胸の辺りがムカムカする。

十一月も半ばをすぎ、まさに食欲の秋の真っ只中だが、このところずっとスポーツドリンクやゼリーばかり口にしていてまともな食事がとれていない。しかも夜、ベッドに入っても眠れない。

大学を卒業し、大企業とは言えないまでもそこそこの規模の物流会社に就職して一年八ヵ月ほどが経った。営業課に営業サポートとして配属されてから約半年。もう何度目かわからない休日出勤を押し付けられた上に、平日も残業続きでろくに休めていない。

七月に新しい上司がやって来てからどんな小さなミスでも許されず、何度もやり直しをさせられる。資料を仕上げても、最初に出された指示とは全く異なることを要求され、一から作り直しをさせられる。そのせいでやらなくてはいけない仕事が溜まり、余計にスピードが遅くなってしまう。

　まあでも、俺がちゃんとできんのが悪いんやし。

　そもそもミスをしなければいい。指示もいちいち確認すればいい。

　それができないから厭味を言われる。ときには怒鳴られる。

　はじめは庇ったり仕事を手伝ってくれていた同僚たちも、とばっちりを恐れてだろう、最近では遠巻きに見ているだけだ。

　いや、もしかしたらとばっちりがどうとかと違て、単に仕事ができん俺にあきれてるだけかも……。

「お兄さん、そこのお兄さん！」

　横から飛んできた明るい声が自分を呼び止めているとは思わず、進也はのろのろと歩いた。

「お兄さん！」

　ぽん！　と後ろから肩を叩かれる。

　やはり緩慢な仕種で振り返ると、三十代半ばくらいのふっくりとした女性が立っていた。

　え、まだ十一月やのに卒業式……？

　咄嗟にそう思ったのは、彼女がクリーム色の着物と臙脂色の袴を身に着けていたからだ。

　女性は愛嬌たっぷりの丸い顔に人好きのする笑みを浮かべた。

「ちょっと寄って行かはりませんか?」

「え……?」

「ここで講談をやってるんです」

「こうだん……」

進也は女性が指し示した先に目をやった。

商店街のはずれに建つ二階建ての小さなビルに不釣り合いな、立派な木製の看板が上がっている。毛筆で書かれたような太い文字は、ほうらい亭。

隣に立った女性が早速説明を始めた。

「ほうらいって名前、蓬莱山からきてるんです。蓬莱山は仙人が住む山なんですけど、ここにおる講談師は仙人みたいに不老不死でもないし、空飛んだり霞だけ食べてたり、そういう超人的な術を使たりもしません。残念ながら」

淀みのない滑らかな物言いを、進也はぼんやりと聞いていた。おおらかで優しい声は、不思議とすんなり耳に入ってくる。

「けど、ちょっとした術は使えるんです」

女性が悪戯っぽい口調で続けた。

「術、ですか」

「はい、別世界に連れてってくれます」

「別世界」

「そう、別世界、行けたらええな。

誰にも怒鳴られない。厭味を言われることもない。そんな場所へ行きたい。

「……別世界、行きたいです」

「そしたらぜひどうぞ！　はい、一名様ご案内！」

女性に促されるまま、進也はふらふらと『ほうらい亭』に入った。受付で支払った料金は千五百円。それだけで別世界へ行けるのなら安いものだ。

幾分か古びたドアをそっと開けると、たちまち暖かな空気が全身を包んだ。我知らずほっと息が漏れる。

天井の低いこぢんまりとした部屋に、二十脚ほど椅子が並んでいた。年配の男性が五人、バラバラに腰かけている。ちらとこちらを一瞥する者もいたが、話しかけてはこない。

正面に目を向けると、赤い布が敷かれたごく小さな舞台が設えてあった。中央に木製の台がぽつんと置かれている。脇にある長方形の札にかけられた紙には、やはり毛筆で伝井青嵐と書いてあった。聞いたことも見たこともない名前だ。

さっきの女の人、こうだんて言うてたな……。

彼女が言っていたのは恐らく「講談」だろう。伝統芸能の一種だということはなんとなくわかるものの、具体的にどういう物かは想像すらできない。高校の課外授業で見た落語の舞台と似ている気がするが、落語とは違うのだろうか。

どっちにしても、寝んようにせんと。

コートを脱いだ進也は、恐る恐る中ほどの端の席に腰を下ろした。

やがて舞台袖から、灰色の着物と紺色の袴を身に着けた長身の男が現れた。客たちが拍手をしたので、つられて手を叩く。

台の前に座った男は、持っていた木片を台の左側に、平たく長い茶色の棒を右側に置き、深々と頭を下げた。おもむろに顔を上げたかと思うと、棒と木片で台を打つ。

パパンパチン！　という小気味よい音が脳に直接飛び込んできた気がして、進也は瞬きをした。耳に入っていた水が、一気に抜けたような錯覚に陥る。

進也は思わず男を見つめた。年は二十代の後半くらいか。恐らく進也とそう変わらないだろう。整った目鼻立ちは鋭く、切れ長の目が若干三白眼のせいで怖い印象である。

その何を考えているか読めない顔に、更に曖昧な笑みを浮かべた男は、滑らかに話し出した。

「本日はお寒い中、お運びくださいましてありがとうございます。いよいよ師走の尻尾が見えて参りました」

やや低めの、わずかに雑味を帯びた声は、するすると耳に入ってくる。

最初は世間話をするらしい。そこは落語と同じだ。

「この季節はどちら様も忙しなく、ゆっくりと休む暇もない……、ええまあ、こちらにおいでのお客様は殺人的なスケジュールをどうにか調整して来ていただいているわけですけども。はい、ありがとう存じます」

ぐるっと客席を見まわした男がにやりと笑う。客たちもにやりと笑ったようだ。

師走でも暇ってことか。

見たところ、客のほとんどはシニア世代だ。既に退職しているか、次世代に商売を任せているのだろう。

「師走の足音が聞こえてきますと、私ども講談師は読まずにはおられない話がございます」

赤穂義士伝！　と客席から声が飛んだ。

男はまたにやりと笑う。

「はい、ご名答！　その通りです。赤穂義士伝。本日はその外伝を読みたいと思います」

パンパチン！　と男は再び小気味よい音を鳴らした。その音がまた脳に直接響いて、びく、と全身が震える。

「ときは元禄十五年十二月十四日、大石内蔵助は主君、浅野内匠頭の仇を討つべく四十七士と共に吉良邸へと――」

ああ、赤穂義士伝って忠臣蔵のことか。

子供の頃、年末に帰省した田舎の祖父の家で『忠臣蔵』の長い時代劇を見た。

江戸城の松の廊下で、赤穂藩藩主の浅野内匠頭が吉良上野介に刃傷に及ぶ。加害者とされた浅野は切腹、一方の吉良はお咎めなしとなった。大石内蔵助をはじめとする赤穂藩士四十七人は吉良邸に討ち入り、吉良上野介の首をとる、という話だ。

討ち入りの様子を語るのかと思いきや、男は四十七士のうちの一人、片岡源五右衛門について話し始めた。

討ち入りの前夜、源五右衛門は長年骨身を惜しまず仕えてくれた下男、元助に暇を出す。ただし討ち入りのことは他言無用のため、もっともらしい理由をつけて辞めさせようとするのだが……。

源五右衛門が蓄えが尽きたのでおまえに払う給金がないと言えば、元助は給金はいらない、むしろ自分が青物を売って稼いで旦那様を養うと答える。近所の寿司屋の娘に見初められたと言えば、その寿司屋の娘はまだごく幼いと言い返され、嘘だとばれる。

本当のことを言えずに困り果て、ああだこうだと無理のある理由をつけて元助を遠ざけようとする源五右衛門。源五右衛門にどこまでもついて行くつもりの元助は、その無理を難なく受け入れてしまう。

真面目で堅物の源五右衛門と、やはり真面目で主人思いの元助の、真剣な、しかし噛み合わない滑稽なやりとりが続く。時折パンパン！　と打ち鳴らされる音が快いリズムを生む。

気が付けば笑っていた。寝てしまうかもと思っていたのが嘘のようだ。

一方で主と下僕、互いを思う気持ちが胸に染みる。

うーん、と舞台上の男——源五右衛門はうなる。

「実のところはのう、元助。おまえが嫌いだから暇を出すのだ」

嫌いて、そんなミもフタもない……。もうそれしか言うことがなくなったんやな……。

ええっ！　と元助は仰天する。

「旦那様のお傍にお仕えして二十年近く、一度も叱られたことがないというのがこの元助の自慢でございましたが、旦那様、我慢をしておいでしたか。——してた！　我慢に我慢を重ねて、今、その我慢がふっつりと切れたのだ」

源五右衛門のきっぱりとした物言いに驚き、泣きべそをかく元助親父。

ええなあ、お互いがほんまに大事で、ほんまに思いやってるんや。

目の奥がじんと熱くなった。かと思うと視界が潤み、止める間もなく涙があふれる。

共に討ち入りへ向かう赤穂藩の他の義士に促され、源五右衛門が元助に本当のことを話すところ。受け入れた元助が討ち入りを見届けるところ。

相手を心から慕う純粋な気持ち、相手の生き方を尊重する気持ちが、胸の奥深くにまで染み込んでくる。

いつのまにか進也は号泣していた。子供のように嗚咽まで漏らしてしまう。

涙で滲んでよく見えないが、舞台の上にいる男が戸惑っている気配が伝わってきた。客たちもぎょっとしているようだ。

こんな公共の場所で大の男が泣いたらあかん。迷惑になる。申し訳ない。恥ずかしい。頭ではそう思うのに、涙は止めどなくあふれてくる。瞼（まぶた）をきつく閉じても、下を向いても、歯を食いしばっても止まらない。

「どうぞ」

ふいに白地に紺色（こんいろ）の模様が入った手拭（てぬぐ）いが差し出された。

ゆっくり視線を上げる。

いつのまに舞台から降りたのか、着物に袴姿の男が目の前に立っていた。どんな表情をしているかは、涙のせいで判別できない。

「どうぞ、使（つこ）てください」

ぶっきらぼうな、しかしどこか温かみの感じられる物言いだった。

刹那（せつな）、進也はたまらずに大きな声をあげて泣き出した。


もらい物の細長い姿見で身だしなみをチェックする。身に着けているのは、これまたもらい物の紺色の絣（かすり）の着物だ。ちなみに腰に締めた角帯（かくおび）ももらい物である。

後頭部についていた寝癖はちゃんと直した。ややこけた頬に髭の剃り残しはない。

だいぶ元に戻ってきたな。

二年前に十キロほど減った体重は、ここ半年で六キロ近く回復した。年季の入った長屋で質素に暮らしていても、精神的な圧迫を受けていないと健康になれるらしい。

鏡の中の自分に向かってニッコリ笑ったそのとき、隣の角部屋の戸が開く音がした。壁が薄いので、隣人の動向は手に取るように伝わってくる。

進也はボストンバッグを肩にかけ、素早く草履を履いた。勢いよく引き戸を開けると、隣の部屋の前にいた長身の男が目を丸くする。

「おはようございます、兄さん！」

おはようとしかめっ面ながら応じてくれたのは、伝井青嵐。進也の兄弟子である。進也は入門三ヵ月の「見習い」なので高座名はまだない。

青嵐はハーフコートにデニムのパンツという何の変哲もない格好だ。それなのに着物を纏っている進也よりずっと渋くて色気があるのは、芸歴の長さ故か、あるいは青嵐自身が持つ独特の空気感のせいか。

たぶん、両方や。

とても同い年とは思えない。かっこいい。

進也が着ている着物も、元はといえば青嵐の物だ。もう着ないからと譲ってもらったが、きっと進也よりずっと粋に着こなしていたはずである。

「おまえ、また着物着てるんか」

「はい。普段から着てんと慣れられんので。俺は体で覚える方が性に合うてるんです」

ニコニコ笑って言うと、青嵐は皮肉っぽく眉を動かした。

「そこそこ身長あってでかいのに、丁稚感がえぐいな」

「弟子入りしてまだ三ヵ月ですから、丁稚みたいなもんです」

「そういうことを言うてるんやない。顔が小六や言うてんのや」

「小六て……。童顔とは違うんですか」

「童顔ていうほどカワイイない」

大学までは、二重の目としっかりとした眉、そして細身ながらも筋肉質な体つきのせいで、少年まんがの主人公っぽいとよく言われた。が、今は痩せたために顎が尖り、目がぎょろりとしてしまっている。目鼻立ちのバランスがとれていない自覚はある。

「兄さん、ひどいです」

「ほんまのことやろ」

「そうですけど、もうちょっと言い方あるでしょう」

文句を言いながらも、歩き出した青嵐について行く。

ここへ引っ越してきたときは体が芯まで凍えるほど寒かったが、今、頬を撫でる風はひんやりとしていながら柔らかい。近くにある桜の蕾(つぼみ)が少しずつ綻(ほころ)び始めている。

「今日は師匠について行かんでええんか？」

青嵐に問われ、進也は頭の中にある師匠、伝井青右衛門(せいえもん)の予定を確認した。

「午後から京都と大阪で講演と高座があるんでお供(とも)します。午前中はスケジュールが空いてるんで、師匠のお宅で稽古(けいこ)をつけていただく予定です」

「修羅場(しゅらば)読み、うまいことできるようになったか」

「いえ、まだ全然です。ただ、声は出るようになってきたて言うてもらえました」

「腹から声を出せるようにするんも、三方ヶ原(みかたがはら)軍記を稽古する目的やからな。それ褒(ほ)められたんやったら、とりあえず合格ラインはクリアできてるんとちゃうか」

わかりにくいが褒めてくれているらしい。

青右衛門に褒められたのと同じくらい嬉しくて、はい！　と進也は返事をした。

「朝から元気やなあ……」

向かい側から歩いてきたのは、ひょろりとした体にスーツを纏(まと)った顔色の悪い男だ。長屋の住人の一人、マジシャンのカンタである。本名は知らない。

「カンタさん、また終電間に合わんかったんですか」

「またて言うな。俺がいっつも飲んだくれてるみたいやないか～」

「けど俺が引っ越してきてから、もう二十回は朝帰りしてはるでしょう」

「うるせー。青嵐、おまえの弟弟子生意気やぞ」

はいはいすんません、と青嵐は少しも悪いと思っていない顔で謝る。

おまえも生意気じゃー、というカンタの声が聞こえたのか、向かい側の長屋から小柄な男が顔を出した。おはよーすと手を上げた彼は漫才コンビ『ミネラルミラクル』の奥平だ。

「カンタさん、また朝帰りですか」

「あ、奥平までそんなこと言う～」

「ほんまのことですやん」

奥平とカンタがやいやいと言い合う。この長屋にはカンタと奥平を含め、噺家や芸人が住んでいる。演芸好きの大家が、売れない芸人たちを格安で住まわせてくれているのだ。

皆、クセがあるけど楽しいてええ人や。

意地悪な人や威圧的な人はいない。そういう意味では至極穏やかな環境である。

「あー、遅れる。俺行くわ」

スタスタと歩き出した青嵐を、進也は慌てて追いかけた。いってらっしゃーい！　という奥平の明るい声が背後から聞こえてくる。

肩越しに振り返って会釈すると、奥平だけでなくカンタも手を振り返してくれた。

「兄さん、今日はどこへ営業に行かはるんですか」

「府内やけど、あっちこっち」

「そうなんですか。気ぃ付けて行ってきてくださいｉ。夜は花果実亭に出はりますよね」

落語がメインの寄席の名称をあげる。講談師たちの事務所も兼ねた講談の定席は『ほうらい亭』だが、口演が行われるのは週に三度だ。落語や漫才がメインの寄席に出させてもらうことの方が多い。ちなみに講談の定席は「寄席」ではなく「講釈場」、または「劇場」と呼ぶ。

「今日は大阪に戻ってくるんけっこう遅なるから、花果実亭には行けへんのです」

心底残念に思って肩を落とすと、青嵐は顔をしかめた。

「師匠が出はらへんのに、おまえが来る必要ないやろ」

「そらそうですけど、兄さんの高座観たいですから。今日は何を読まはるんですか？」

「噺家さんの演目見てから決める。ていうかおまえ、なんで俺が今日花果実亭に出るて知ってんねん」

「俺はもともと兄さんの追っかけですから、兄さんの高座はチェックしてます！　明日の夜はほうらい亭ですよね。行けたらええなあ！」

「うるっさ。至近距離で大きい声出すな」

「あ、すんません」

青嵐は嫌そうに顔をしかめたものの、離れて歩けとは言わない。それをいいことに、半歩後ろをぴったりついて行く。

偏屈、マイペース、ナチュラルボーン上から目線。師匠の青右衛門を含め、周りの人たちは青嵐をそんな風に評する。

確かに気難しいとこはあるし、愛想もないけど、俺にはなんだかんだでめっちゃ優しいよな。

どうぞ、使てください。

そう言って青嵐が手拭いを差し出してくれたときのことは、一生忘れないだろう。


八畳の和室で進也と向かい合っているのは、どっしりとした恰幅の良い体に着物を纏った男だ。真打格の講談師、伝井青右衛門。昨年、還暦を迎えた彼は進也の師匠である。

深く息を吸い込んだ進也は腹から声を出した。

「そもそも三方ヶ原の戦いは、頃は元亀三年壬申歳十月十四日。甲陽の武田大僧正信玄、甲府に於いて七重のならしを整え……」

空いた時間に長屋で、近所の河川敷で、何度もくり返し読んだ内容を口にする。

『三方ヶ原軍記』は、東西問わず弟子入りした講談師が最初に習う軍談――合戦の話だ。甲斐の武田信玄と徳川家康・織田信長の戦いを描いている。

師匠が読んでみせてくれるのだが、もちろんただ見ているだけで覚えられるわけがない。録音し、ときには台本を借りて自ら写本し、聞いて読んでくり返し稽古する。日常生活ではほとんど使わない難しい文章を一語一句覚えなくてはいけない。けど、調子良う読めるとめちゃめちゃ気持ちええ。

「白檀磨き、赤銅造りの小手脛当、貞宗の御剣……、貞宗の御剣……」

進也は絶句した。

続き、何やったっけ……。

剣の名前が出てこない。パンパンパチン！　と張り扇と小拍子を叩いてみる。が、やはり思い出せない。

ちらと師匠のどっしりした四角い顔を見遣ると、ふいに閃いた。

「と、藤四郎吉光！」

青右衛門はうんと頷いてくれた。

よし！　と心の内で拳を握り、仕切り直すために張り扇を景気よく打つ。パパン！

「貞宗の御剣、藤四郎吉光の短刀を帯び、朝霞と名付けたる俊足に金覆輪の鞍置いて」

講談は、いつ、どこで、誰が、ということがはっきり語られる。そこが落語とは明確に異なる。そして落語と違ってオチがない。きちんとした結末のある物語を「読む」。

その中でも軍談は張り扇と小拍子でリズムを刻み――東京では小拍子は使われない――、七五調で読む。「修羅場読み」と言われるもので、講談の基礎を体に叩き込むために絶対に必要な修行だ。ちなみに東京では、修羅場を「ひらば」と読むことが多いが、上方では主に「しゅらば」と読む。

もっとも、軍談より漫遊記物や侠客物が好まれてきた上方では、東京ほどには「修羅場読み」を披露する機会は多くないのだが。

「後に続く人々は、大久保七郎右衛門忠世、同じく治右衛門忠佐、本多平八郎忠世……、ん？　本多平八郎忠世……？」

タダヨが二回出てきたぞ。どっちかが間違うてる。

けど、どっちが違うかわからん。

進也は再び絶句した。不自然に空いた間を、パンパン、と張り扇を打つことで埋める。こんな風にきれいな音を出せるようになるのに約一ヵ月かかった。

――あかん。出てこん。

もともと記憶力はそれほど良くないのだ。しかも師匠とマンツーマン。緊張しないわけがない。

再びちらと青右衛門を見遣る。腕を組んでいた青右衛門もちらとこちらを見た。

数秒の沈黙。今度はどうしても続きが出てこない。

進也はその場でガバッと頭を下げた。

「勉強し直してきます！」

うん、と青右衛門は頷いた。

「本多平八郎忠勝、や」

「あっ、あー……！　ただかつ、忠勝か……！」

自分で自分の頭をかき混ぜる。

青右衛門は太い眉を上げて笑った。青嵐は師匠はめちゃくちゃ厳しいと言うが、進也に対してはそうでもないと思う。厳しさより温かさの方が優っている。

「前回よりは覚えられてるぞ」

「あ、ありがとうございます！　でも青嵐兄さんは、一回聞いてだいたい覚えたて言うてはったから……」

高校生のときから講談師になろうと決めていた青嵐は、高校を卒業して青右衛門に弟子入りした時点で既に『三方ヶ原軍記』を全て覚えていたらしい。

青右衛門は苦笑いした。

「青嵐は化け物並みに記憶力がええからな。あんまり参考にならん。青嵐だけやない、誰かを参考にするんはええけど、真似をする必要はないぞ。おまえはおまえのやり方でやりなさい」

はい、と進也は素直に応じた。

うん、と青右衛門は頷いてくれる。

「今度は台本置いて読んでみぃ」

「はい！」

進也は脇に置いておいた台本を釈台に広げた。上方の噺家が高座で使う見台よりも大きいのは、昔の講談師が台に本を置き、その本を読んでいた頃の名残だ。

講談が「話す」や「語る」ではなく、「読む」という表現をするのも、当時の名残である。

それにしても、まさか自分が講談師になるなんて、一年半前のあのときは想像もしてへんかった。

初めて青嵐の講談を見て号泣した後、進也は客席にいた三人の男たち、そして青嵐本人に『ほうらい亭』の近くにある昔ながらの喫茶店『もみの木』へ連れて行かれた。後で知ったことだが、三人の男たちは『ほうらい亭』の常連客で、全員顔見知りだった。

進也は自分が置かれている状況を洗いざらい話した。青嵐はといえば、少し離れたカウンター席に座って耳を傾けていた。

おまえが悪いと説教されるかと思いきや、顔を見合わせた三人の客たちはなぜかホットケーキを頼んでくれた。どんな食べ物を見ても食欲が湧かなかったのに、運ばれてきた狐色のそれはひどく美味しそうに見えた。

メープルシロップをたっぷりかけ、いただきますと手を合わせて早速口に入れたホットケーキは、かつてないほど甘くて温かくて、ほっとする味だった。ぱくぱくと夢中で食べ進めていると、正面に腰かけた紳士風の男が言った。

ええか、兄ちゃん、よう聞け。それはパワハラや。

え？　や、でも、俺のミスが原因やから……。

なんぼミスがあっても、怒鳴ったり、何回も度が過ぎるやり直しをさせたり、逆に必要なことを伝えんかったり、そんなんは異常や。

いじょう……。

そうや、異常や。兄ちゃんのスーツ、ごそごそやないか。ほんまはもっと体格良かったのに痩せたんやろ。顔色も悪い。病人みたいやで。

そんな大袈裟な……。

全然大袈裟やない。

ぴしゃりと言ったのは、カウンターにいた青嵐だった。彼の三白眼はまっすぐに進也に向けられていた。

そんなになるまで追いつめるんは、法律がどうなってようと、世間がどう言おうと、犯罪や。

あんたは何も悪うない。

わずかに雑味のある低い声は、かつてない説得力をもって進也に届いた。

ああ、俺は悪うない。悪うなかったんや。

すとん、と何かが腹の底に落ちてきた気がした。かと思うとまたしても涙があふれてきて、号泣してしまった。青嵐に借りた手拭いはびしゃびしゃに濡れた。

それからは怒濤の展開だった。喫茶店で話をしてくれた紳士風の男が弁護士だったのだ。息子に事務所を譲り、悠々自適の隠居生活を送っていたらしい。その弁護士——大庭が労使関係に強い弁護士を紹介してくれた。

　辞職する覚悟があると伝えると、弁護士はパワーハラスメントを働いた上司とハラスメントを放置した会社を訴えた。そして最終的に示談に持っていき、自主退職にならないようにしてくれた。

　実際に会社を辞めたのはゴールデンウィークの前だ。それまで住んでいたアパートを引き払って実家に戻った。

　痩せこけた息子を目の当たりにした両親は絶句した。そしてゆっくり休みなさいと言ってくれた。実家で暮らしていた兄も、快く迎え入れてくれた。

　しかし進也はゆっくりしなかった。伝井青嵐の講談を聞くため、実家のある京都から大阪へ通いつめたのだ。おまえはストーカーかと青嵐にあきれられるほど、彼の高座を追いかけた。

とにかく講談が——青嵐の講談がおもしろくてたまらなかった。

　良い行いをした人は報われる。思いやりや優しさが、きちんと相手に伝わる。そんな講談の世界は、進也の傷ついた心を自然と癒してくれた。

　その過程で、青嵐の師匠である伝井青右衛門に出会った。大阪らしい講談、『太閤記』、『難波戦記』、『水戸黄門漫遊記』、等々。短い一席物はもちろん、長い連続物も漏れなく味があり、引き込まれた。

さすが青嵐さんの師匠や。凄い。

俺も青嵐さんとか青右衛門先生みたいに、人の心に響く話が読みたい。

ごく自然にそう思うようになった。

ちなみに噺家や漫才師の大御所は「師匠」と呼ぶが、講談師の大御所は「先生」と呼ばれる。

ただ、講談師でも自分が弟子入りした師は「師匠」と呼ぶため、青右衛門のことは「師匠」と呼んでいる。

「声がよう出てきた。体重も増えてきたみたいやし、その調子でよう食べて、よう稽古してがんばりなさい」

「はい、ありがとうございました！」

深々と下げた頭を上げると、青右衛門は四角い顔に温かな笑みを浮かべた。

「さ、そしたらぼちぼち出かけるか」

はい！　と返事をして張り扇や小拍子、扇子を片付けていると、失礼しますと襖の向こうから女性の声がした。細面の顔を覗かせたのは青右衛門の妻だ。お稽古終わりました？　と問われて、はいと頷く。

「進也君、うちでお昼ご飯食べていき」

「えっ、や、でも」

「進也君の好きなきんぴらとアジの南蛮漬けと、豚汁も作ったんよ。いっぱい作ったから食べてくれんと余らしてしまう。な、食べていき」

青右衛門を見遣ると、師匠は苦笑を浮かべて頷いた。

「そしたら、お言葉に甘えてご馳走になります！　いつもすんません」

ペコリと頭を下げる。

青右衛門の妻はにっこりと笑った。

「あんたも食べて行って」

ついでのように青右衛門に声をかけ、台所の方へ引っ込む。

青右衛門はため息を落とした。

「あいつはおまえに食べさすことに心血を注いでるな」

稽古で師匠の家を訪れるとき、三回に二回は心づくしの家庭料理をご馳走になっている。青右衛門と青嵐に譲ってもらった着物のサイズを直してくれたのも、青右衛門の妻だ。

「いっつもご馳走になってすんません」

「謝ることない。せっかく作った言うんやし、遠慮せんと食べて行きなさい」

「はい、ありがとうございます！」

進也は青右衛門にもペコリと頭を下げた。

東京には、見習い期間である「空板」、高座に上がることができるものの雑用も受け持つ「前座」、雑用はしなくていいが、まだ修行中の「二つ目」、先生と呼ばれ、弟子をとれる「真打」、という明確な格付け制度がある。

一方、上方では格付けは曖昧だ。見習い期間を「空板」とは言わないし、そもそも「見習い」と「前座」は分かれているようで分かれていない。

ただ、「見習い」の間は「前座」と違って高座には上がれず、楽屋にも入れない。師匠に稽古をつけてもらうだけでなく、礼儀作法や着物等の扱い方を学ぶ。更に師匠の仕事に鞄持ちとしてついて行き、師匠だけでなく他の講談師の高座を観て勉強し、もちろん自分の稽古もする。

給料が出ないにもかかわらず、アルバイトは禁じられている。しかし家賃や光熱費は師匠が払ってくれるし、ときどき小遣いももらうので、暮らしには困らない。

むしろ食生活は会社員だった頃より豊かかもしれない。青右衛門や彼の妻だけでなく、他の講談師の先生や兄姉弟子、寄席で一緒になる噺家の師匠方や『ほうらい亭』で救いの手を差し伸べてくれた常連客たちが、事あるごとに奢ってくれたり、食べ物を差し入れてくれたりするのだ。

それに、青嵐兄さんはお菓子くれはるし。先週くれはったドーナツもめっちゃ美味しかった。

青嵐は料理はほとんどしないが、菓子は作る。講談は長い読み物だと、一時間以上もたった一人で休みなく話し続ける。カロリーの消費量が半端ないので甘い物が無性に食べたくなるときがあり、自分で作るようになったという。

作りすぎて余った分やと言われたが、きっと違う。最初から進也の分も作ってくれている。

恐らく、喫茶店『もみの木』で、進也が夢中でホットケーキを食べたことを覚えてくれているのだろう。仮に本当に余ったのだとしても、取りに来いとわざわざ連絡をくれるのだから、やはり青嵐は優しい。

一時は胃が小さくなってしまってあまり食べられなかったが、ここ数ヵ月で食欲は随分と回復した。

回復したのは食欲だけではない。他人に対する信頼も回復したと思う。

あのまま会社に勤めていたら、きっと人が怖くなった。最終的に退職したとしても、その後、社会で生きていくことができずに引きこもったかもしれない。

俺は、ほんまにラッキーやった。

釈台(しゃくだい)の前に座った青嵐(せいらん)は、パパンパチン！　と張り扇(はりおうぎ)と小拍子(こびょうし)を打った。じいっと客席を見据(みす)える。

子供の頃から手のつけられない乱暴者だった男。腕っぷしが強いだけでなく、女たちの視線を集める二枚目でもある。

大阪の代表的な講談、『浪花五人男(なにわごにんおとこ)』。世の中からはみ出した五人の男が、奇妙な友情を育(はぐく)みながら破滅へとひた走る。青嵐は今年に入ってから、この全てを読もうとすると八時間ほどかかる長い読み物を稽古していた。

やばい。めちゃめちゃカッコイイ……！

ざっくばらんな口調と尊大な態度に、舞台袖から見つめていた進也は体が芯から熱くなるような興奮を覚えた。侠客が主人公なので、今日の青嵐は袴は穿かず着流しである。それがまたなんとも言えず粋だ。客たちも引き込まれているのがよくわかる。

金曜の夜、客席の四分の三ほどが埋まっていた。初めて青嵐の講談を聞いた日に来ていた常連客たちの姿もある。落語や漫才に比べてマイナーな上方の講談で、これだけ入れば御の字だ。

「青嵐はこういう読み物、ハマるよなあ」

背後でつぶやく声が聞こえてきて、進也は振り返った。

舞台を覗いているのは、爽やかな水色の着物に紺色の袴を身に着けたふっくりとした女性だ。姉弟子の伝井心葉。一年半前、進也を『ほうらい亭』へ呼び込んでくれた人である。

今、上方の講談師は、見習いの進也を除いて二十八人。その半数が女性だ。

演芸に笑いを求める客が多い上方では、「オチ」がある落語や現代的な漫才の方がうける。だから講談師の数は圧倒的に少ない。

「めっちゃカッコイイですよね……！」

「うん、悔しいけどカッコエエ。私は侠客もの苦手やから。女やからっていう言い訳はしたないけど、どう稽古してもアウトローに説得力が出えへんねん」

ぎゅっと眉を寄せた心葉に、進也は瞬きをした。

「けど俺、水戸黄門漫遊記は青右衛門師匠と同じくらい、お姉さんのが好きですよ」

「えっ……」

「師匠の黄門様は優しいて品があって、何より安心感があるんですけど、お姉さんの黄門様はほのぼのしてて、お茶目でカワイイとこが好きです」

先ほど聞いたばかりの講談を思い出しつつ言うと、今度は心葉が瞬きをした。かと思うと、バシ、と進也の背中を叩く。そのままバシバシと続けて叩かれた。

それほど痛くもなかったので、ちょ、なんですか、と小声で言いながら叩かれていると、青嵐が高座を終えた。額の汗を拭いつつ袖に引き上げてきた彼にペコリと頭を下げ、ならび──高座の横に出る演者の名前を書いたビラ──をめくるため表に出る。

こうした下まわりは、本来なら前座の仕事だ。とはいえ今の上方の講談師に前座はおらず、見習いも進也しかいない。他に人がいないため、特別に楽屋に出入りを許され、兄弟子や姉弟子に教えてもらいながら下まわりをこなしている。青右衛門に付いて行って『ほうらい亭』に来られないときもあるので、とうに前座期間を終えた心葉や青嵐のような二つ目や、『ほうらい亭』に勤めている事務員も手伝ってくれるのだ。

再び袖に引っ込むと、青嵐と心葉が何やら小声で言い合っていた。

「あ、ちょっと進也、青嵐がめんどくさいこと言うねん」

「え、何ですか?」

「進也にかまいすぎんなて。自分の方がずっとかまってるくせに」

「俺はかまってません」

青嵐が心底嫌そうな顔で素っ気なく言う。

「嘘つけ。かまってるやろ。この着物も元はあんたのやし」

心葉が進也の袖を引っ張る。今日、身に着けている栗鼠色の着物も青嵐のお下がりだ。

「もう着ぃひんからやっただけですよ。捨てるよりエコでしょう。それに俺だけと違て、師匠もお下がりやってはるし」

「けど、よう一緒に帰ったりご飯食べたりしてるやんか」

「そら同じ長屋に住んでますから」

「あー、ええなあ、私も進也と同じ長屋に住みたい～。そんで面倒見たげたい～」

進也の腕をとってぶんぶん振りまわす心葉に、青嵐はあきれたようなため息をついた。

「寿史兄さんと小夜ちゃんに言いつけますよ」

「うるさい。小夜はなんであんたのファンなんやろなあ。噺家にもっとカッコエエ人いっぱいおるのに。栗梅亭真遊君とか山川小藤君とか!」

噺家、栗梅亭寿史は心葉の夫である。一人娘の小夜子は中学生だ。初対面のとき三十代半ばだと思った心葉は、実際は四十代半ばだった。弟子入りした後でそのことを心葉に伝えると、驚くほど喜んでくれた。

「青嵐兄さんのファンやなんて、娘さん見る目ありますよ、お姉さん」

小夜子ちゃんとは会うたことないけど、きっと俺と気が合う。

嬉しくてニコニコ笑うと、心葉は何とも言えない顔で笑った。

その様子を見ていた青嵐はといえば、皮肉な笑みを浮かべる。

「小夜ちゃん、見る目あるらしいですよ。よかったですね」

「……あんたは進也と違て全然カワイイないな」

「生憎カワイイは売りにしてませんので。お姉さん、お疲れさんでした」

心葉に頭を下げた青嵐は、楽屋に向かってスタスタと歩き出した。

進也も心葉に失礼しますと頭を下げ、慌てて青嵐を追いかける。ひとまず楽屋に引っ込んで、青嵐に茶を出すのだ。

商店街の片隅にあるこの建物はこぢんまりとしている。男二人が並んで歩けるスペースはなく、後ろをついて行く。

「兄さん、今日の高座めっちゃよかったです！　おもしろいしカッコエエし、ぐっとくるし！続き楽しみです！」

「師匠の浪花五人男、見たことあるやろ。続きがどうなるかわかってるやろが」

「筋はわかってますけど、兄さんの続きが見たいんです」
力を込めて言う。同じ読み物でも、講談師によって全く印象が異なるのだ。筋が違うこともある。

青嵐はちらとこちらを見た。

「おまえ、師匠についてんでええんか」

「はい、今日は他の講談師の高座を観て勉強しなさいて言われました」

「俺も先生方の高座観てから帰るわ」

「あ、そしたら一緒に帰りませんか？」

うきうきと提案すると、なぜか三白眼（さんぱくがん）に肩越しににらまれた。着流し姿でそうして見られると、なんだかドキドキする。

浪花五人男の中の一番の色男、雁金文七（かりがねぶんしち）に似てる気がするからやろか。

大胆不敵で破天荒（はてんこう）、不遜（ふそん）で厭世的（えんせいてき）。だが仲間思いで情に厚い男。

「俺今金ないから、牛丼の並み盛りくらいしか食べさしてやれんぞ」

「えっ、そんな、飯を集（たか）るつもりは……。単純に俺が兄さんと一緒にいたいから」

本心を口にしただけだったが、青嵐に肩を叩かれた。

「調子ええこと言いやがって」

「嘘やないですよ。ほんまです！」

「おまえは誰にでもそういうこと言うからな」

「誰にでもなんか言うてません！　一緒におりたいんは兄さんだけですし」

慌てて言うと、ふんと鼻で笑われた。

「まあ、大盛りくらいやったら奢ったる」

「やった！　ありがとうございます」

「結局飯か」

あきれた顔をされたが、進也はえへへと笑った。

大盛りの牛丼はもちろん嬉しいが、青嵐と一緒にいられることが何より嬉しい。


牛丼を食べた後、進也は青嵐と一緒に駅から歩いて帰ることになった。

青嵐は暇があれば歩く。時折ジョギングもしているし、長屋でも空いた時間に筋トレをしている。腹から声を出すにしても、長い講談を読むにしても、体力が必要だからだ。

「兄さんはほんまに凄いですよね」

「あ？　何がや」

「高校のときに講談師になるて決めてから、ずっとそのために努力してはるんでしょう。俺は今まで全部中途半端やから」

　桜の木が並ぶ河川敷を歩きながら頭をかく。ごくたまにジョギングをしている人が通るものの、人気はほとんどなかった。夜のひんやりとした空気の中に、綻んできた桜の香りが微かに漂っている。

　隣を歩いていた青嵐は、三白眼でちらとこちらを見下ろした。彼の方が進也より五センチほど背が高い。

「中途半端なことないやろ。中途半端で甲子園には出れん」

「春の選抜の、しかも特別枠ですから、ほんまの実力やないですよ」

「けどレギュラーやったんやろ」

「まあそうですけど、結局一回戦負けやったし……」

　野球は一応大学でも続けたが、正直、卒業後の会社員時代の記憶があまりに強烈で、学生時代の記憶はぼんやりと霞んでいる。

「兄さんが講談師を目指さはったきっかけは何やったんですか？」

　気を取り直して尋ねると、青嵐は素っ気ない口調ながら話し出した。

「母方の実家の近くに寄席があったんや。子供の頃から祖父さん祖母さんに連れられて、よう行ってた」

「寄席て、花果実亭ですか？」

「いや、紫雲亭ていう今はもうない寄席や。そこで先代の青右衛門先生の講談も、師匠がまだ青蔵やった頃の講談も見た。あの迫力は今も忘れられん」

「先代……」

二年前に講談を知ったばかりの進也は、十年前に亡くなった先代の青右衛門を知らない。講談は受け継がれていく芸なのだと改めて実感する。

「人には物語が必要やと俺は思う。現実を忘れるためにも、現実を生きていくためにも。落語やなくて、漫才でもなくて、物語を読む講談。俺にはこれしかないと思た」

「そうなんですね……」

十代でそんなこと考えて、講談師になろうて決意するて、やっぱり兄さんは凄い。だから人の心に強く響く講談が読めるのだ。実際、進也は青嵐が紡いだ物語に救われた。

ひどく感動していると、ちろ、と青嵐がこちらを見下ろした。

「嘘や」

「へ？」

「せやから、嘘や」

「え、嘘て何がですか」

青嵐はにやりと笑う。街灯の淡い光に照らされた整った横顔は、繊細さと凛々しさの両方を兼ね備えている。

「今言うた理屈は講談師になって何年か経ってから出てきたもんや。人生に物語が必要やなんて、子供が考えるわけないやろ。ちょっとは疑え」

「や、けど、兄さんは俺と違てめっちゃ頭ええから、そういうこと考えはってもおかしいない思て……」

　青嵐が関西でも有数の進学校出身であることは、既に知っている。

　アホか、と青嵐は素っ気なく言った。

「そんなもん関係ない。ほんまのきっかけは、子供の頃に聞いた先代の青右衛門先生の修羅場読みがめちゃめちゃカッコよかったからや。プロ野球選手のホームラン見て、自分もプロになりたいて思う小学生と同じや」

「あ、俺、まさにそれです！　小一のときにプロ野球のホームランを目の前で見て野球始めました。そうか、やっぱり兄さんは凄いですね！」

「はあ？　どこがや」

「子供のときに修羅場読みがカッコエエて思わはったんでしょう？　凄いやないですか。俺なんか、今稽古してても呪文みたいやなあて思うのに。てか、ゲームの呪文でもあんな長ないですよね」

　正直な感想を言うと、青嵐は瞬きをした。形の良い柳眉を八の字にした後、く、と喉の奥でおかしそうに笑う。

兄さんのこういう笑い方、あんまり見たことないかも……。

なぜか胸が高鳴るのを感じて、進也は思わず着物の合わせ目をつかんだ。青嵐の講談を初めて目にしたときと似ている。

似てるけど同じじゃない。不思議な感じや。

「修羅場読みが呪文て、おまえらしいな」

「え、あっ、すんません。不謹慎でした」

「三方ヶ原やってみい」

いきなり言われて、えっ、と進也は声をあげた。

「今ですか？」

「今や」

「ええー……。やりますけど、間違えても怒らんといてくださいね」

「間違え方による」

「何ですかそれ。こわっ」

「ええからさっさとやれ」

青嵐に背中を叩かれ、進也は熱い胸を抱えたまま大きく息を吸い込んだ。そして桜の花を点々と散らした夜空に向かって、腹から声を出す。

「そもそも三方ヶ原の戦いは、頃は元亀三年 壬申歳十月十四日！」

青右衛門は週に一回、ラジオのレギュラー番組を持っている。年配の人向けの内容だが、安定した人気があるらしく、かれこれ十五年は続いているという。

師匠はやっぱり凄い……。

スタッフたちがいるコントロールルームの片隅に座った進也は、ガラスで隔てられたブースにいる青右衛門を見つめた。

自分の考えを押し付けるのではなく、だからといって日和見でもなく、淡々と穏やかに日常の話をするのが、耳にも心にも快い。高座に上がっているときとはまた違う魅力がある。

青嵐兄さんも見習い時代に傍で聞いた師匠のラジオ、めっちゃ勉強になったて言うてはったもんな。

昨夜、青嵐と河川敷を歩きながら『三方ヶ原軍記』を読んだときのことが思い出された。間違える度に最初からやり直しをさせられたものの、根気強く付き合ってくれた。

胸が高鳴った理由はわからないままだが、何度やり直しさせられても嬉しくて楽しかった。

もう一回、というぶっきらぼうな青嵐の声が耳に甦って頬が緩んだそのとき、とんとん、と肩を叩かれた。ハッとして顔を上げる。

そこにいたのはジャケットにパンツという変哲(へんてつ)もない格好の男だった。一瞬、体が強張(こわば)ったのは、かつて自分にパワハラをしていた上司と年恰好が似ていたせいだ。

——いやいや、あいつがここにおるわけない。

よく見れば目鼻立ちが全然違う。それに体型こそ似ているものの、上司はこんなに垢抜(あかぬ)けてはいなかった。

スタッフたちが一斉に会釈(えしゃく)したのを見ると関係者だろう。

進也は意識して小さく息を吐いた。そうして緊張を解いてから、立ち上がっておはようございますと頭を下げる。幸い声は掠(かす)れなかったし、震えもしなかった。

「青右衛門先生の新しいお弟子さんですか？」

穏やかで丁寧な標準語に、我知らずほっとする。上司はきつめの関西弁を話す男だった。

「一月に弟子入りしました日比野(ひびの)進也と申します。よろしくお願いします」

「高座名(こうざめい)はまだ決まってないんですか」

はいと頷くと、男はまじまじと進也を見つめた。

え、何？　顔に何かついてる？

反射的に自分の頬を触る。

すると男はなぜかうんと大きく頷いた。

「日比野さん、おいくつですか？」

「二十五歳です」

「ということは、一旦社会人になってから弟子入りされたわけですね」

「はい、大学を卒業して就職したんですが、去年退職して弟子入りしました」

問われるまま答えると、うんうんと男はまた頷いた。

「見習い期間はいつまでですか？」

「それは、私にはわかりかねます。青右衛門師匠にお尋ねください」

そうかーとつぶやいた男は、ふいに我に返ったように内ポケットを探った。名刺を取り出して進也に差し出す。

「申し遅れました、私は生方英輔と申します。系列の会社でプロデューサーをやってます」

「あ、どうも、恐れ入ります。ちょうだいします」

弟子入りしてから名刺をもらうのは初めてだったが、短い会社員生活の間で培われた習慣で、進也は咄嗟に両手で名刺を受け取った。

おお、テレビ局の人や。

演芸界に入ったものの、いわゆる芸能界に入った自覚はなかった。青右衛門のラジオ番組は地方限定の放送だ。ごくたまに青右衛門や他の講談師の講談が全国区で放送されることはあるが、テレビ番組への出演は滅多にない。大阪でも落語と漫才――特に漫才は明確に芸能界とつながっているが、上方の講談はほぼつながりがないのだ。

進也、と呼ばれて視線を向けると、ブースから青右衛門が出てきた。収録が終わったようだ。お疲れ様ですと頭を下げる。

「青右衛門先生、ご無沙汰しております」

早速声をかけた生方に、青右衛門は四角い顔ににっこりと笑みを浮かべた。

「元気そうやな。もしかしてうちの弟子が何か失礼したか？」

「いえいえ、きちんと挨拶していただきましたよ。僕が勝手に声をかけたんです」

歩み寄ってきた青右衛門に、生方もにっこり笑う。

「日比野さん、正統派のハンサムですよね。身長もあるしスタイルも良いし、何より愛嬌があって、でも憂いもあって、カメラ映えしそうだ。テレビの世界でも活躍が期待できそうです」

「それはそれは。まあでも、あんまり本人の前でお世辞言わんといてやってくれるか。調子に乗るとあかんから。なあ、進也」

ぽんぽんと青右衛門に背中を叩かれ、はい！　と思わず頷く。

すると生方は楽しげに笑った。周囲のスタッフたちも笑う。

「青右衛門先生、お昼ご一緒させていただけませんか？　日比野さんもご一緒に」

「生方君、忙しいんと違うんか？　東京からわざわざこっちへ出向いたいうことは、何か仕事があるんやろ」

「いえ、もう用事は済ませましたし、僕もこの辺で昼を食べようと思ってたんです。先生はもうご存じかもしれませんが、この近くに旨い魚を食わせる店ができたんですよ。ぜひ」

生方の熱心な物言いに、そうか、と青右衛門は案外あっさり頷いた。

「この後、もう一人弟子と待ち合わせしてるんや。その弟子も一緒に昼を食うつもりでおったさかい、一人増えてもええか？」

「はい、もちろん。その方もぜひご一緒に！　ちなみにどなたですか？」

「青嵐や」

突然出てきた兄弟子の名前に、ドキ、と心臓が跳ねる。

今日、青嵐と待ち合わせていることは聞いていなかった。

「青嵐さんですか！　高座は見せてもらってますけど、お話するのは久しぶりです。さ、行きましょう」

生方に促された青右衛門が歩き出したので、進也も荷物を持って後に続いた。我知らず足取りが軽くなる。

兄さんと昼飯！　めっちゃ嬉しい！

兄さん知ってはったんやろか。昨日、なんで言うてくれはらんかったんや。せめてメッセージくれたらよかったのに。

今朝は進也の方が早く家を出たので、青嵐と顔を合わせなかった。メッセージアプリのＩＤは交換しているものの、今までメッセージのやりとりをしたことはない。ほぼ毎日会って話しているから気にしていなかったが、一度もやりとりをしていないのは、さすがにありえないのではないか。

　一瞬しょんぼりしたものの、進也はすぐに復活した。

　まあでも、今から一緒にご飯食べられるし！

　笑み崩れていると、師匠、と呼ぶ声が聞こえた。エントランスにいたのはスラリとした長身の男、青嵐だ。シャツにスラックスというきれいめの服装がよく似合う。

「青嵐さん、お久しぶりです」

　声をかけた生方に、青嵐は軽く目を見開いた後、ご無沙汰（ぶさた）してますと会釈をした。

「一月の独演会、見せてもらいましたよ。軍談（ぐんだん）は前から東京に負けない良さがありましたけど、ここ一年くらいで侠客（きょうかく）物と漫遊記物が凄く良くなってきましたね。特に浪花（なにわ）五人男は本当におもしろい」

　生方はニコニコと笑いながら感想を言う。

　ありがとうございますと頭を下げた青嵐を、青右衛門は自（みずか）らの横に並ばせた。

「生方君、八月にこの青嵐を筆頭（ひっとう）に、上方の若手が東京の若手と勉強会をやることになってな。若手自身が企画も運営もやる、ちょっと変わった会になりそうなんや。生方君、顔広いやろ。宣伝してやってくれへんか」

　穏やかに微笑（ほほえ）みつつ、まあまあ図々しいことを頼んだ青右衛門に、生方は愉快そうに笑った。

「わかりました。僕は広報じゃないですけど、心当たりに声をかけてみます」

青右衛門はお願いしますと頭を下げた。

青嵐も慌てたように頭を下げたものの、青右衛門に小声で尋ねる。

「師匠、どういうことですか」

「そういうことや」

「聞いてませんけど」

「言うてへんからな」

しれっと応じた青右衛門に、青嵐は目を白黒させた。彼にしては珍しい反応だ。

師匠、お茶目っていうか、イタズラっぽいとこもあるんやな。

それにしても、東京の講談師との勉強会か……！

年に一度、上方の講談師が東京へ出向き、合同で勉強会を開いていると聞いた。その際、東京の先生方に教えを請うたりもしているそうだ。そんな中、若手中心で、なおかつ大阪で開かれる勉強会は、もしかしたら初めてなのかもしれない。

東京には上方の約六倍、二百人弱の講談師がいる。人数が多いということは層が厚いということで、なおかつ才能のある講談師が数多いるということだ。

会社を辞めたばかりの頃、『ほうらい亭』にゲストとしてやってきた東京の若手の講談師の高座を何度か見た。確かに様々なタイプの講談師がいて感心した。

けど俺にとってはやっぱり、青嵐兄さんの講談が一番やったけど。

「その勉強会、日比野さんも出ますか？」

ふいに自分の名前が出てきて、進也は瞬きをした。

驚いて生方を見遣ると、彼もこちらを見返してくる。

「勉強会は四ヵ月後ですよね。だいぶ早いですけど、前座に上がれるんじゃないですか？」

「上がれるとしても、前座が勉強会に出られるか出られんかは、企画運営する若手が相談して決めることやさかいなあ。私には何とも」

「なるほど。そしたら青右衛門先生としては、若手の方たちがＯＫだったら出てもかまわないってことですね」

や、ちょ、とそこでようやく進也は口を挟んだ。

「私、まだ三方ヶ原軍記もちゃんと読めんので、勉強会なんてとても無理です」

「大丈夫！　四ヵ月後には読めるようになってますよ！」

生方に力強く肩を叩かれる。

一気に距離が近くなって、全身が強張った。

うわ、まだびびってるんか俺。

パワハラをしてきたかつての上司もやたらと距離が近く、肩や背中をよく叩かれた。生方と上司は別の人間だとわかりきっているのに、いちいち反応してしまう自分が情けない。

「青嵐さんもそう思われますよね」

進也は生方に話をふられた青嵐に視線を向けた。

青嵐は怒っているかのように、きつく眉を寄せていた。進也と視線が合うと、その眉を上げて首を竦める。

「さあ、進也次第やないですか」

「え、兄さん、そこは読めるようになってるて言うてくださいよ」

「はあ？　おまえがどんだけ稽古するかによるやろ。それにさっきおまえ自身が無理やて言うたやないか」

「そうですけど。俺、真面目にがんばりますから！」

思わず青嵐の腕をつかむと、ハハ、と生方は楽しげに笑った。

「青嵐さん、勉強会楽しみにしてます。日比野君もがんばってください」

「あ、はい、がんばります！」

進也は反射的に頭を下げた。

青右衛門はその様子を穏やかに微笑んで見つめている。

青嵐はといえば、あきれた顔をしていた。つい先ほど見た、怒ったような表情は既にない。

我知らずほっとする。

なんで怒ってはったんかはわからんけど、もう怒ってはらへんみたいやし、よかった。

生方も交えて四人で昼食をとった後、青右衛門、青嵐、進也はオフィスビルの谷間にある小さな喫茶店へと移動した。

昼下がりとあってそこそこ客が入っている。青右衛門と進也が着物を着ているせいか、時折興味深そうな視線が飛んでくるものの落ち着いた雰囲気だ。

「師匠、ああいう話は先に言うといてください」

隣に腰かけた青嵐が、正面でコーヒーをすする青右衛門に文句を言う。

青右衛門は悪びれる様子もなく答えた。

「今日、昼飯食いながら話すつもりやったんや」

「生方さんのいてはるとこで話さんでもよかったんやないですか」

「生方君は顔が広い。たまたま会えたさかい、宣伝してもらうにはちょうどええと思(おも)てな」

「けど生方さん、ドラマ関係の人でしょう。演芸とはあんまり関係ない人やないですか」

ドラマ？　と進也は首を傾(かし)げた。

答えてくれたのは、師匠と同じくコーヒーを口に含んだ青嵐だ。

「師匠、三年前にドラマに出はったんや」

「えっ、そうなんですか！　何ていうドラマですか？」

「金時計ていう明治時代を舞台にした時代ものや。それに政治家の役で出はった。サブスクで見れるはずや」

「へぇー！　凄いですね！」

青右衛門が珍しく、期待した目を向けてくる。

「見てたんか？」

「え、あ、すんません、見てませんでした」

進也はペコリと頭を下げた。三年前といえば大学四年だ。そのときはまだ講談のこの字も知らなかった。ドラマで青右衛門を見たとしても、渋い俳優さんやなとしか思わなかっただろう。

苦笑いした青右衛門は、気を取り直したように言った。

「そのドラマのプロデューサーが生方君やったんや。偶然テレビで私の講談を見たらしいてな、キャスティングしてくれはった」

「そういうこともあるんですね！　ていうか師匠、俳優業もやってはるんや。知らんかった、今度探してみます」

進也が大いに感心していると、青右衛門はなぜかじっとこちらを見つめた。手に持っていたカップをゆっくり下ろし、今度は青嵐を見つめる。

「これから、東京に負けんくらい上方の講談を盛り上げていくためには、外に向けて広う発信していく必要がある。生方君みたいな顔の広い人とつながりを持つんは大事や。ただし、ああいう人は辛い。ええ加減なことしたり手ぇを抜いたりしたら、すぐに見抜かれてしまう」

静かだが厳しい物言いに、進也は思わず背筋を伸ばした。青嵐も姿勢を正す。

宣伝してもらえてラッキー、と単純に喜んでいてはいけないのだ。

「青嵐、おまえが責任者としてこっちの講談師の意見をまとめて、東京の講談師と勉強会の準備をするように」

え、と青嵐は声をあげた。三白眼が大きく見開かれる。

「私だけですか？」

「そうや。船頭が二人おったら、舟が陸に上ってしまうやろ」

「や、けど、私だけていうんは……」

「おまえの他に勉強会に参加するんは、青吉と葉太郎や。おまえが一番芸歴が長いんやから、おまえが仕切りなさい」

青嵐はぐっと言葉につまった。

青吉は女性、葉太郎は男性の講談師だ。二人とも二つ目で青嵐より年上だが、芸歴は青嵐より短い。

兄さん、誰かと一緒に勉強会しはるより、独演会しはる方が多いからな……。

青吉と葉太郎だけでなく、東京の講談師とも一緒に企画まで考えなくてはいけないのは、大変ではないだろうか。

無意識のうちに青嵐を見つめていると、青右衛門の視線が進也に移った。

「進也、おまえも青嵐を手伝うように」

「えっ、お、わ、私もですか？」

「そうや。これから私の仕事についてくるより、勉強会の準備を優先しなさい」

「はい、わかりました」

進也は神妙に頷いた。

勉強会の準備を優先させるってことは、兄さんとずっと一緒にいられるってことか。

笑み崩れてしまいそうになるのを堪えていると、青右衛門が続けた。

「おまえは見習いや、ほんまやったら高座名をつけることはできん。けど、東京の講談師と交流するのに本名のままやと不便やろうから、高座名を考えた。進也、おまえは今から伝井青葉を名乗りなさい」

「つたい、あおば……」

進也はつぶやいた。弟子入りして約三ヵ月半。いつかは高座名をもらえるとわかっていたが、一方で、自分が日比野進也以外の名前を名乗るイメージは湧かなかった。

「なんや、気に入らんか？」

「いえっ、嬉しいです！　ありがとうございます！」

進也は勢いよく頭を下げた。

伝井青葉。青葉か。

じわじわと胸の奥が熱くなる。

ああ、俺はほんまに講談師として生きていくんや。


まずは大阪の講談師三人で話し合い、勉強会の開催がお盆のすぐ後なので、テーマは時期的に怪談がいいのではないかと意見がまとまった。更にオンラインで東京の講談師たちと話し合った結果、彼らも賛同し、すんなりとテーマが決定したという。

知らないうちに決められた、いかにも夏といったテーマに、進也は怯んだ。

「俺、怖いの苦手なんですよね……。六人分の怪談、耐えられるかなあ……」

「もう正式に決まったからな。おまえが苦手やろうが得意やろうが、テーマは変わらん」

「ええー……」

進也は眉を八の字にして、青嵐が焼いてくれたキャロットケーキにかぶりついた。人参のほのかな甘みと、生地に入れられたレーズンとくるみがよく合っている。

「兄さん、このケーキめっちゃ美味しいです！」

正面に胡坐をかいた青嵐は、ちろ、と三白眼でこちらを見た。申し訳程度についている小さな風呂に入った後なので、スウェットの上下というラフな格好だ。進也も同じような出で立ちである。

長屋は建てつけが悪いせいか、外気の影響を諸に受ける。しかし四月の半ばの今は、暑くも寒くもなく快適だ。

「気に入ったか」

「はい！　俺これめっちゃ好きです」

「この前のドーナツにも同じこと言うてたやないか。おまえ、甘かったら何でもええんやろ」

「そんなことないです。兄さんの作らはるスイーツはほんまに旨いですから！」

フォーク片手に力説したが、ふん、と青嵐は鼻を鳴らした。嬉しそうでもなければ得意そうでもない。いつもの仏頂面でパソコンのキーを叩いている。

けど、ケーキはちゃんと切り分けて皿に載せてくれはったし、コーヒーも出してくれはったし。

伝井青葉という高座名をもらって三日が経った。青右衛門についてまわり、あちこちで伝井青葉ですと挨拶をした。改めてがんばれよと声をかけてもらい、照れ臭くて嬉しくてたまらなかった。

ふわふわとした心地のまま、午前中は『三方ヶ原軍記』の稽古をした。午後から青右衛門について営業先の企業へ行った後、夜八時に青嵐の部屋を訪ねた。九時から東京の講談師の代表とオンラインでやりとりをするので、同席しろというのだ。

青嵐の部屋は進也の部屋と全く同じ間取りだ。ベッドはなく、卓袱台とカラーボックスくらいしか家具がないのも同じである。

が、小さなキッチンに不釣り合いな立派なオーブンと、大きなバランスボール、そして明治だか大正だか昭和だかに発行された講談の本の他、様々なジャンルの小説やノートがぎっしり詰まった本棚は、進也の部屋にはない。

今はもうどの講談師も読まない読み物が載った古い本は、古本屋を巡って探してきたそうだ。漢字ばかりでルビもふられておらず、数行読んだだけで眠気が襲いかかってくるような内容だった。もしかしてこれ全部読んだんですか？　と尋ねると、心底あきれた顔をされた。読んだに決まってるやろ、読まんと並べといたって意味ないやろが。

さすが青嵐兄さん、と心の底から感心したことは言うまでもない。

「兄さんは何を読まはるんですか？」

「東京側と調整せんとあかんけど、今んとこ、宗悦殺しができたらええなと思てる」

『宗悦殺し』は、高利貸しの宗悦が貸金の催促に向かった先で殺されてしまう話だ。宗悦を殺した御家人、新左衛門に次々と怪異が襲いかかる。

「けど、宗悦殺しは東京の講談ですよね？　確か元は落語やったような」

「よう知ってるな」

パソコンに視線を向けていた青嵐が、またちらとこちらを見た。

「会社辞めた後、家でも講談の動画ばっかり見てたんです。主に上方のを見ましたけど、東京の講談もちょっとは見ました。その中に榊原満太夫（さかきばらまんだゆう）先生の宗悦殺しがあったんです」

ふうんと応じた青嵐は、じっと進也を見つめ続ける。

え、何？　口についてる？

手の甲で口許（くちもと）をごしごしと拭（ぬぐ）うが、何もついていない。

「えと、あの、東京のをそのままやらはるんですか？」

なんだかそわそわしてしまって、視線を明後日（あさって）の方向に飛ばしながら尋ねる。

いや、と首を横に振った青嵐はようやく目をそらした。

ほっとする一方で寂しい気持ちになる。

なんやこれ。兄さんに見つめてほしいんか？　おかしいやろ、そんなん。

「勉強会まで間があるし、上方バージョンに移植するつもりや」

「え、そんなことできるんですか！」

「まあな。噺家もやってることや。ただ、宗悦殺しは満乃介（まんのすけ）君の持ちネタやから、かぶったら考え直す」

「あ、そうか。宗悦殺し、満太夫先生の十八番ですもんね」

今回の勉強会の東京の講談師の代表が、榊原満乃介だ。今日、九時からオンラインで打ち合わせをする男である。

満乃介は青嵐の同期で二十八歳。『宗悦殺し』が十八番の人間国宝、榊原満太夫の孫弟子だ。『宗悦殺し』を習っていても不思議はない。

「満乃介兄さん、ときどきバラエティ番組に出てはりますよね。兄さん、会うたことありますか？」

パチパチとキーボードを叩く青嵐に尋ねる。

「ある。交流会で一緒になったし、真砂亭に出させてもろたとき、一緒に飲みに行った」

『真砂亭』は、東京の講談の定席だ。

「へー！　どんな人ですか？」

「アイドルガチおたく爽やかイケメン」

「アイドルガチおたく爽やかイケメン……」

「満乃介君、ピンキーリングていうアイドルグループのファンやねん。知ってるか？　ピンキーリング」

「もちろん知ってます。デビュー曲、めっちゃ流行りましたよね。大学の友達でファンの奴がけっこういたし」

「俺は知らんかった」

「えっ、マジすか！」

「アイドルに興味ないからな」

「ええー……」

「ええーて何やねん。興味なかったら知らんやろ」

青嵐は素っ気なく言う。

俺も別にアイドルに興味ないけど、ピンキーリングのデビュー曲はＣＭに使われてたし、いろんなとこで流れてたから、名前くらいは知ってるのに……。

や、でも、兄さんらしいか。

興味のあることには徹底してこだわるけれど、それ以外には無頓着（むとんちゃく）なのだ。

そういうとこもカッコエエ。

「酒が入ってたせいかもわからんけど、満乃介君、俺がアイドルに興味ないて言うてんのにめちゃくちゃ語ってきよんねん。自分でアイドル講談を作ってて、それを動画サイトにあげたり、ピンキーリングのファンを集めて独演会やったり、ファンミーティングみたいなイベントを主催したりもしてる。だから女性ファンだけやなくて男のファンも多い」

「へー！　アイドル講談か。おもしろそう。新しいことしはるんは凄いですね！」

感心しながらケーキを頬張っていると、ふいに青嵐がこちらに視線を受けた。

じっと見つめられ、なんですか？　と問うかわりに首を傾げる。

はー、とため息をつかれた。

「そうやって何でもかんでも感心しやがって。おまえもいずれ高座に上がるんやぞ。わかってるか？」

「はい、もちろん！」

大きく頷いてみせると、青嵐はまたため息をついた。骨ばった手が伸びてきて、ぎゅうっと両の頬を挟まれる。

頬の肉がまだ幾分か削げているせいか、片手で楽々と顔を固定させられてしまった。自然と唇がタコのように尖る。

「に、兄さん？」

頬を挟まれたまま尋ねると、青嵐は眉を寄せた。

「おまえ、ゆでたまごみたいやな」

「え、小六と違てゆでたまごなんですか」

「湯がきたてのゆでたまごや」

「ええー、俺、そんなほかほかでもないし、つるつるでもないですけど」

口を噤んだ青嵐は、進也をまっすぐ見つめた。鋭い三白眼のせいで、にらまれているような錯覚を起こす。

が、その目の奥に確かな優しさを見つけて、進也は肩の力を抜いた。

「おまえ、大丈夫か」

「大丈夫て、何がですか？」

「——わからんのやったらええ」

長い指がはずれたかと思うと、人差し指で鼻先を突かれる。思いの外優しい接触に、ドキ、と心臓が跳ねた。

うう、なんやこれ。恥ずかしい。

「そろそろ時間や。満乃介君、たぶん最初からぐいぐいくると思うけど、おまえは挨拶したら、後はしゃべるな」

青嵐は何事もなかったかのようにパソコンに向き直る。進也は慌てて卓袱台をまわり込み、青嵐の後ろに控えた。

パソコンを操作する青嵐の後ろ姿を見て、ハッとする。

もしかして兄さん、俺が生方さんにびびってたん気付いてはったんやろか。

生方に肩を叩かれた進也が体を強張らせたのを、青嵐は見逃さなかったのだ。だから大丈夫かと聞いてくれた。満乃介としゃべらなくていいと言ったのも、今の状態で初対面の人と話すのは、もしかしたらきついかもしれないと気を遣ってくれたのだろう。

じわりと胸の奥が熱くなった。同時に顔もじわじわと熱くなる。

進也が人目を憚らず号泣するほどメンタルを病んでいたのも、今よりもっと痩せていたのも、青嵐は知っている。その印象がまだ強く残っているのかもしれない。

今更大丈夫ですと言うのも変な気がして、しかし心配してくれたことにお礼が言いたくて、腰を浮かしたり落としたり、両手を上げたり下げたりしていると、じろりと肩越しににらまれた。

「なんや、バタバタすんな。じっとせえ」

「あ、す、すんません」

慌てて謝ると同時に、パソコンの画面に見たことのある若い男が現れた。スウェットの白いパーカーが、柔らかく甘い顔立ちによく似合っている。彼が榊原満乃介だ。

俺今絶対、顔赤い。

なんとか頬を冷やそうと深呼吸をくり返す。

『青嵐君、こんばんはー。今日も顔怖いねえ』

笑顔でひらひらと手を振る満乃介に、青嵐は仏頂面で会釈した。

「どうも」

『顔が怖いだけじゃなくて愛想(あいそ)もない』

楽しげに笑った満乃介の背後の壁には、ピンキーリングのポスターがところ狭しと貼られていた。グッズらしきぬいぐるみも、大小合わせて五体ほど置いてある。

おお、ガチ中のガチや……。

青嵐の背中越しに画面を見ていると、満乃介が進也に気が付いた。

『あれ？　そっちの人は？　もしかしてこの前言ってた弟弟子？』

進也は慌ててペコリと頭を下げた。

「はじめまして！　ひび、や、えと、伝井青葉です。青右衛門師匠の弟子で、青嵐さんの弟弟子です。よろしくお願いします！」

『榊原満乃介です。よろしく！　おおー、青葉君、イケメンだなあ。カッコイイ！　ちょっと青嵐君、邪魔なんだけど。青葉君が見えないだろ、どいて』

「一応挨拶さしただけやから。そしたら打ち合わせ始めよか」

青嵐はパソコンの前にどっしりと腰を据えたまま答える。

『待って待って、ちょっとくらいしゃべらせてくれてもいいだろ。おーい、青葉君、顔見せて』

「あ、はい」

青嵐の肩越しに画面を覗き込む。

次の瞬間、大きな手が伸びてきて、ぐいと頭を押さえられた。

「出るな」

『うわ、横暴。青嵐君って下に対してそんな感じなんだ。青右衛門先生に言いつけるぞ』

「あ、あのっ、大丈夫です。青嵐兄さん、めっちゃ優しいので」

頭を引っ込めたまま言うと、はえ？　という満乃介の間の抜けた声が聞こえてきた。

『青葉君、兄弟子だからってかばうことないから。今の世の中、演芸の世界でもパワハラは撲滅しないと』

「や、ほんまに大丈夫です。今日もケーキ食べさしてくれはったし」

『ケーキ？』

「はい。兄さんの手作りのキャロットケーキです。めちゃくちゃ美味しいです！」

えー！　と目を丸くした満乃介に、うるさい、と青嵐は冷たく応じた。

『青嵐君、ケーキ作るんだ！』

「俺の趣味が菓子作りやと、何か問題でも？」

『開き直った！　つかギャップ！』

わあわあと騒ぐ満乃介に、うるさい、とまた青嵐が冷たい声を浴びせる。

背後にいた進也は、思わず笑ってしまった。

満乃介さん、ぐいぐいきはるけどええ人そうや。


「青嵐兄さん、結局番町皿屋敷にしはったんかー」

ぼりぼりと煎餅を齧りながら言ったのはおかっぱ頭の小柄な女性、伝井青吉である。年は二十九歳。高校を卒業して五年間バスガイドとして働いた後、講談の世界に入ってきた。

進也は台紙に和紙を巻きつつ、はいと頷いた。作っているのは張り扇だ。消耗品である張り扇は、講談師が各々手作りする。

上方では昔から、白扇を革で巻いた張り扇が使われてきたそうだ。青右衛門も青嵐も、革の張り扇を用いている。とはいえ、今は東京風の紙の張り扇を使う人もいる。

進也も革の張り扇を使いたかったが、どうしてもうまく音が出ず、仕方なく紙の張り扇にした。ちなみに小拍子は仏具店で購入した。

「満乃介兄さんが宗悦殺しをやらはることになりました」

「ああ、宗悦殺しは満乃介さんの持ちネタやから、しゃあないな」

やはりぼりぼりと煎餅を噛み砕いて頷いたのは、顔も体も針金のように細い男、伝井葉太郎。年は三十六歳。大学を卒業して八年、会社員を経験した後、講談の世界に入った。

ここは『ほうらい亭』の楽屋である。今日は休館日なので他の講談師はおらず、のんびりしたものだ。

今までオンラインでしか打ち合わせをしていなかったため、一度顔を合わせようと集まった。各自の演目は決まったので、講談以外にできることはないか話し合うのだ。青右衛門におまえも行ってきなさいと言われて、進也も参加することになった。

青嵐は青右衛門以外の真打格の講談師に稽古をつけてもらいに行っていて、少し遅れるという。

「青嵐兄さん、今回はあきらめはりましたけど、改めて満太夫先生に稽古をつけてもらえるようにお願いしはるそうです」

　ええっ！　と青吉と葉太郎は同時に声をあげる。

「マジかー……」

「人間国宝の大先生に直接頼むて、相変わらず強心臓やなあ……」

　昨夜、青嵐は満乃介に満太夫の連絡先を聞いていた。満乃介はあきれていた。否、正確には引いていた。満乃介自身、『宗悦殺し』を教わったのは満太夫の弟子である自分の師匠で、満太夫本人ではないそうだ。

　その話を聞いても、青嵐は全く動じなかった。

　満太夫先生の宗悦殺しに痺れたから、満太夫先生に教わりたい。青右衛門師匠に相談して、ダメ元でお願いしてみる。

　青嵐の横でやりとりを聞いていた進也は、あまりのかっこよさに身悶えた。肝心の青嵐には気味の悪い物を見る目を向けられてしまったが、止められなかった。

「青嵐兄さんの持ちネタ、百超えてるんやろ。連続物も着々と覚えてはるし、ほんま凄いよな」

　ずず、と青吉はお茶を飲む。

　ええっ！　と葉太郎はまた声をあげた。

「マジすか！　俺なんかまだ五十いかへんのに……」

　進也は首を傾げる。

「けど葉太郎兄さんは、積極的に創作講談をやってはるやないですか。今回の勉強会でも、海外の怪奇小説を講談にしはるんでしょ？　エドガー・アラン・ポーの黒猫ですよね」

「お、読んだことあるか？　青葉も怪奇小説好きなんか」

　葉太郎の嬉しそうな問いに、いいえと進也は首を横に振った。ちょっとすんません、と葉太郎と青吉に断ってから、出来上がった張り扇で机を打ってみる。パン！　と小気味よい音がした。良い感じだ。

「怪奇小説が好きなわけやないです。俺、怖がりなんで。ただ黒猫は昨夜、青嵐兄さんに借りて読みました」

「青嵐兄さん、黒猫持ってはるんか……」

「はい。他にもジーキル博士とハイド氏とか、アメリカン・サイコとかシャイニングとか、海外の怖い小説がいろいろありましたよ」

『黒猫』は短いし、そんなに怖ないからと言われて読んでみたが、充分怖かった。今日は一人で寝られません、兄さんちに泊まりたいと泣きつくと、アホか、帰れ、と突き放された。兄さんが読ませたのにひどい、責任とってくださいと尚もごねた結果、ため息まじりに布団持ってこいと言われた。シンクの真横のごく狭いスペースだったが、泊まらせてもらえた。

やっぱり兄さんは優しい。

「もー、あの人はどんだけいろいろなことに詳しいねん。今はもう誰も読んでへん古い講談を掘り起こしたりもしてはるし……」

葉太郎は食べかけの煎餅を手に持ったまま机に突っ伏した。

「けど、海外の小説を講談にする発想は、青嵐兄さんにはなかったみたいです。満乃介さんも感心してはりました。あの小説がどんな講談になるんか、めっちゃ楽しみです」

本心を口にしただけだが、青吉は煎餅に歯をたてたまま、葉太郎は突っ伏した姿勢のまま、上目遣いでこちらを見た。

「え、何ですか。あ、青吉姉さんの江島屋騒動も楽しみですよ！」

青吉に大きく頷いてみせると、はー、と彼女はため息をついた。

「なるほどなー。真寿市師匠が言うてはった、フラがあるっちゅうか、華があるっちゅうか、こういうのがそういうのなんやなあ」

「真寿市師匠て噺家の？」

体を起こした葉太郎が尋ねる。

うんと青吉は神妙に頷いた。

「そうや。花果実亭で青葉を見かけはったらしい」

栗梅亭真寿市は還暦を前にした渋い二枚目で、老若男女に人気がある噺家だ。寄席では必ずトリを務めているし、独演会のチケットは即日完売だという。

講談師が落語の定席に色物として出演するとき、前座は勉強のために楽屋へ入る。そこで噺家の前座と一緒にお茶を出したり、噺家の着替えを手伝ったり、高座を終えた師匠の着物を畳んだりするのだ。

進也はまだ見習いなので、講談がメインではない『花果実亭』の楽屋には入れないものの、青右衛門を楽屋まで送る際、真寿市に挨拶をしたことは何度かある。が、まさか認識されているとは思わなかった。

「あのコはちゃんと修行したら、寄席に人を呼べるアイドルになれるて言うてはった。あ、私に言わはったわけやのうて、他の師匠としゃべってはったんを偶然聞いたんやけど」

「アイドルて、俺、ピンキーリングみたいに歌ったり踊ったりできませんけど」

満乃介のことが頭にあったので慌てて言うと、なんでピンキーリングやねん、と葉太郎にすかさずツッこまれた。新たな煎餅に手を伸ばした青吉が、ふはは、と笑う。

「真寿市師匠が言うてはるんは、ほんまもんのアイドルのことやない。今、上方落語の定席が連日大入りなんは、落語がおもしろいんが大前提やけど、華のある噺家がおるからや。東京のバラエティ番組にも出てる超イケメンの栗梅亭真遊さん、地味やけど色気のある山川小藤さん、童顔で愛嬌たっぷりの萩家涼水さん、落ち着いてて穏やかな雰囲気やけど、下ネタ全然ＯＫの栗梅亭市よしさん。戦隊モノも真っ青なくらいキャラの立った若手四天王が、お客さんを引き寄せてる」

「なるほど！　確かにその四人が高座に上がらはると、めっちゃ盛り上がりますもんね」

青吉の説明に、うんうんと進也は頷いた。

四天王は出待ちをしているファンも多い。特に俳優並みのルックスを誇る栗梅亭真遊の人気は突出している。彼が高座に上がると、まるでアイドルが登場したかのようにキャーキャーと黄色い声があがるので驚いた。

「感心してる場合やないぞ、青葉。真寿市師匠はおまえが若手四天王に匹敵する存在になれるて思てはるんや。俺も他の師匠方が似たようなこと言うてはるん聞いた」

葉太郎の細長い顔に浮かんだ存外真面目な表情に、ハサミやノリをしまっていた進也は瞬きをした。いやいやいや、と手を振る。

「そんなんなれませんよ。俺、若手四天王みたいな華もオーラもないですもん。師匠方の誤解です。だいたい俺、まだ三方ヶ原軍記しか勉強してませんし」

「今がどうこうやない。これから真面目に稽古して講談師として独り立ちできたら、の話や。芸を磨くのはもちろん大事やけど、それだけではお客さんは来てくれんのが現実や。東京でも、満乃介さんとか夏紋さんはテレビにも出てはってめっちゃ人気やろ。満世さんもカワイイ系やからファンが多いみたいやし。どんな分野でも盛り上げよう思たら、アイドルていうか、スターは絶対に必要なんや」

今回の勉強会にも出演する新風堂夏紋は、女性の講談師だ。日本人形を思わせる個性的な美人で、年は三十一歳。時折映画やドラマに出ているし、ファッション誌の表紙を飾ったりもしている。

もう一人の榊原満世は二十三歳。写真でしか見たことがないが、確かに小柄で可愛らしい女性だ。

「さすが葉太郎、だてに企業でマーケティングやってたわけやないなあ。青葉、がんばってアイドルになってお客さん連れてきてなー。あんたならできる」

青吉に肩を叩かれ、いやいやいや、とまた手を振る。

「だから俺がアイドルなんか無理ですて。青吉姉さんと葉太郎兄さんがなってくださいよ」

「なれるんやったらとうになってますー。そもそも私も葉太郎もルックス良うないし、華もないし。その点、あんた顔は基本カッコエエしスタイルもええからな。肉がついてから、特にええ感じや」

「それ言うんやったら、青嵐兄さんの方がずっとカッコエエと思います」

思わず言うと、ええー、と青吉と葉太郎はそろって声をあげた。

「ええーって何ですか。青嵐兄さん、めちゃめちゃカッコエエかて聞かれたら、ちょっと……」

「カッコ悪うはないけど、カッコエエやないですか」

「とりあえず、一般的なイケメンではないよな……」

「なんでですか！　青嵐兄さんはイケメンやしカッコエエです！」

再び断言した次の瞬間、ふいにドアが開いた。現れたのは、今まさに噂をしていた青嵐だ。

百八十センチ近くある長身を黒いシャツとパンツで包んだ兄弟子の登場に、ひ、と青吉と葉太郎が小さく悲鳴をあげた。

青嵐はじろっと一同を見まわす。

「楽しそうやな」

「はい、楽しいです～」

「楽しいですー。な、青葉！」

青吉と葉太郎は進也に目配せをしてくる。

はいと咄嗟に頷いたものの、不満が残った。

青吉姉さんと葉太郎兄さんがどう思てはっても、青嵐兄さんはカッコエエ。

無意識のうちに眉が寄ったのを見咎められたのか、青嵐に頭を小突かれた。頭を押さえつつ青嵐を見上げる。

三白眼があきれたようにこちらを見下ろしてきた。

「おまえの目は節穴か。それか目に変なバイアスがかかってんのか」

「え？」

「葉太郎が言う通りや。俺は全然カッコようない」

うわ、聞かれてた！

カァッと顔が熱くなるのを感じつつも主張する。

「兄さんはカッコエエです！」

「うるっさ。声でかい」

嫌そうに眇められた目の奥に柔らかさを見つけて、ドキ、と心臓が跳ねる。

なぜか視線を合わせていられなくて、進也は勢いよく立ち上がった。

「す、すんません。兄さん、座ってください！　今お茶いれますね！」

青嵐は進也の隣の椅子に腰を下ろす。青吉と葉太郎がサッと青嵐の前に煎餅の箱を差し出した。青嵐はありがとうと無愛想に言って、ひとつ手にとる。

悠然と椅子に腰かけた青嵐の腕と脚は長い。黒いシャツと黒いパンツが、細身ながらしっかりと筋肉がついた体によく似合っていた。着物姿も渋いが、洋服も色気があって実に絵になる。

うん、やっぱり青嵐兄さんはめちゃめちゃカッコエエ。

既にわかりきっていたことなのに、なぜか頬の熱が引かなくて、進也はそそくさと給湯室へ向かった。

「そもそも三方ヶ原の戦いは、頃は元亀三年壬申歳十月十四日。甲陽の武田大僧正信玄、甲府に於いて七重のならしを整え……」

　腹から出した声が、ぼんやりと月が浮かんだ空に吸い込まれていく。

　土手に植えられた桜は既に散っている。青々とした葉が繁った通りに吹く風は、ひんやりとしていて快い。午後九時というそこそこ遅い時間であるにもかかわらず、ジョギングをしている人や犬を散歩している人がいる。

　隣にしゃがみ込んで聞いているのは青嵐だ。川の方を向いて読んでいるので表情はわからないが、横顔に視線を感じる。

　うう、兄さん見すぎです……。

『ほうらい亭』で勉強会の企画について話し合った後、青嵐と一緒に帰ることになった。兄さんと一緒！　と浮かれたのも束の間、帰り道の途中で『三方ヶ原軍記』を読んでみろと言われたのだ。

　まだ桜が咲き始めだった頃、歩きながら読んだのとは違う。張り扇と小拍子こそないが、ちゃんと立ち止まって読んでいる。

　強弱、節まわし、アクセント。青右衛門に教わったことに気を付けてくり返し稽古した甲斐があって、苦手な武将の名前もクリアできた。

　頭の中で言葉を思い出すのではなく、口が勝手に動く。体そのものに覚え込ませたものを出す感覚は、野球の基礎練習によく似ている。

いつのまにか額に汗が滲んでいた。あと少しだ。

冒頭から先鋒の五部隊のいでたちを描写する「五色備え」まで、約十五分。休まず読み終え、ペコリと頭を下げる。

ぱちぱちぱち、と拍手がいくつか聞こえて、進也は驚いた。周囲を見ると、ボーダーコリーを連れた高校生くらいの少年と、仕事帰りらしきスーツ姿の若い女性、そして本格的なランニングウェアを纏った中年の男女が手を叩いてくれている。

「あ、どうも、ありがとうございます！」

進也は慌てて礼を言った。読むのに必死で、人が集まっていることに気付かなかった。

「凄い迫力やなあ、今の何？」

気さくに尋ねてきたのは中年の男性だ。

「講談です」

「コーダン？」

「ほら、あれ、ときどきバラエティに出てる満乃介君の本業や」

彼の隣にいた女性が口を出してくる。ああ、と男性は大きく頷いた。

「満乃介て落語家と違たんか」

「ちゃうで、講談師や。テレビで講談やってるとこ見たことある」

心当たりがあったらしく、スーツの女性も頷いている。さすが満乃介、知名度がある。

「着物着てはるってことは、講談師さんですか？」

スーツを着た女性に興味深そうに尋ねられ、いえいえいえと進也は両手と首を横に振った。

「見習いなんで、まだ講談師ではないんです。なれるように稽古してます」

「へー、そうなんや。あ、お名前は？」

「伝井青葉です」

「青葉君かー、インスタとかやってないんですか？」

「あ、はい。修業中なんで」

「それもダメなんや。講談師にならはったら絶対見に行くし、インスタもフォローしますね！」

「はい、よろしくお願いします。がんばります！」

嬉しい言葉に、進也は思わずニッコリ笑った。

女性はなぜか両手で口を押さえる。ジョギングの途中だった女性も、ぎゅっと両手を胸の前で組んだ。

「あの、ほんま、応援してるんで、がんばってください！」

仕事帰りの女性はぶんぶんと手を振って去っていった。他の人たちにもがんばってと励まされ、ありがとうございますと頭を下げて見送る。

びっくりした……。

一人で稽古しているとき、着物を着ているせいもあるのだろう、たまに声をかけられることはあった。しかし四人も集まってきたのは初めてだ。今更ながら頬が熱くなる。

「帰るぞ」

ふいに声をかけられ、進也は我に返った。

少し離れた場所に青嵐が立っている。黒いシャツと黒いパンツのせいで、暗闇に溶け込むようだ。

切れ長の目から放たれる視線がいつになく尖っている気がして、進也は息をつめた。鋭く整った面立ちに笑みは欠片もない。

あかんかったんやろか……。

すっと全身の熱が引いた。先ほど励まされて高揚していた気持ちが、みるみるうちに萎む。

思わず両の拳を握りしめたそのとき、青嵐が唐突に踵を返した。

「あ、兄さん、待ってください！」

進也は慌てて青嵐に駆け寄った。なんとなく隣には並べなくて、一歩後ろを歩く。

青嵐はやはり黙っていた。歩調を緩めないし、振り返りもしない。

青嵐が素っ気ないのはいつものことだ。それなのに今は、なぜかひどく心細い。

あかんかったんやったらあかんで、何か言うてほしい。

青嵐が息を吐き出す音がして、全身がぎくりと強張った。

「この前よりは良かったんとちゃうか」

ぶっきらぼうに言われて、え、と進也は声をあげた。

「よう覚えた」

青嵐は前を向いたまま言う。

萎んでいた気持ちが、あっという間に喜びで膨らんだ。

「あ、ありがとうございますっ！」

「うるっさ。至近距離で大声出すなて何回も言うてるやろが。ちょっとは学習せえ」

「すんません！」

嬉しさと安堵のあまり、謝った声も大きくなってしまった。

ストレートに褒めたら、俺が調子に乗るて思わはったんやろか。

拍手をもらえて浮かれてしまったのは確かだ。青嵐に失望されないように、気を引き締めて精進しなければ。


「その日は全員、何事もなく帰ってきました。時刻は午前零時。生温い風が吹いていました。幽霊スポットなんて言った奴誰だよ、て皆笑ってました。そうです、忌み地という言葉の本当の意味を、誰もわかっていなかったのです」

鈴が鳴るような声で語った後、パン！　と軽く張り扇を打ったのは、小柄で愛らしい女性だ。東京の講談師、榊原満世である。

土手で『三方ヶ原軍記』を読んでから三日後、満世は満乃介と共に東京からやってきた。比較的キャリアの浅い満世が大阪へやってくるのは初めてだ。

この人もアイドルやなあ……。

黒目がちの大きな瞳が、愛らしい子狸を連想させる。

愛嬌のある顔立ちとは裏腹に、彼女が読んでいるのは実話怪談だ。勉強会のために満世自身が作った、いわゆる創作講談である。

創作だけに結末がわからない。怖いのに先が気になって進也は前のめりになった。

昼前の『ほうらい亭』に客は入っていない。高座に上がった満世を客席から観ているのは、満乃介と青嵐、そして進也だ。前の席に並んだ青嵐と満乃介は微動だにしない。

話は佳境に入った。忌み地に足を踏み入れてしまった人たちは、次から次へと怪奇現象に見舞われていく。

マジでこわっ。けどおもしろい。

満世の口調にも熱が入り、額に滲んだ汗を手拭いで押さえる。愛らしい容姿と物語の恐ろしさとのギャップが不思議な魅力を生んでいる。

「これにて読み終わりでございます」

ぺこ、と満世が頭を下げると同時に、進也は思わず拍手をした。わずかに遅れて、青嵐と満乃介も拍手をする。

二十分ほどの講談だったが、最後まで飽きなかった。

入門して五年で凄(すご)い。俺もこんな風にできるようになるやろか。

「青嵐君、どうだった?」

尋ねた満乃介は白いシャツにベージュのパンツというシンプルな服装だが、品がある。満乃介もやはりアイドルだ。否(いな)、彼の場合はスターかもしれない。

「ようできてる。過不足もない」

簡潔に答えた青嵐は、今日も濃い色のシャツとパンツだ。

俺にとったら、やっぱり青嵐兄さんが一番カッコエエ。

土手で少し様子がおかしかった青嵐だが、それ以降は特に変わった様子はない。――と、思う。たぶん。

青嵐が地方へ営業に出てしまったので、この三日間は一緒にすごしていないのだ。

無意識のうちに視線を向けた先で、青嵐は満世を見上げた。

「ライトと鳴り物で演出を入れたいて聞きましたけど」

鳴り物とは三味線(しゃみせん)や笛(ふえ)、太鼓(たいこ)などの楽器のことだ。講談では使われないが、上方(かみがた)落語ではときどき使われる。

あ、ハイ、と満世は釈台の前に座ったまま背筋を正した。

「でも正直迷ってます。現代の怪談を読むんだから、演出も現代風にした方がいいかなって思ったんですけど……。青嵐さんはどう思われますか？」

「満世さんの講談の技量次第やと思います」

淡々とした青嵐の答えに、お、という顔をしたのは満乃介だ。

講談の技量、と満世はくり返した。

青嵐はニコリともせずに頷く。

「演出に負けん講談ができるかどうかが問題です。読む力が強かったら、ライトを使おうが鳴り物を入れようが問題ない。けど、読む力が弱かったら、演出に頼ることになってしまう。それやったらテレビでタレントさんがやる怪談話と同じじゃや。講談である必要はない」

「え、と……、それは、今の私の講談だと、演出は……」

「俺はいらんと思う」

寸分の迷いもない、冷静な答えだった。

しん、と沈黙が落ちる。

満世は悔しそうに唇を噛んだ。

つまり、満世の講談の技量はまだそれほど高くないということだ。

一般的に考えれば、講談の技量の未熟さを埋めるためにこそ演出が必要な気がする。しかし、演出に助けられることでしか完成しない話は講談ではない、と青嵐は考えているのだ。演出に負けない講談が読める人だけが、演出を利用できる。

そういえば兄さん、さっき満世姉さんの講談をようできてるとは言わはったけど、おもしろかったとは言わはらへんかった……。

ストーリーがおもしろいだけではだめなのだ。魂を込めて読んで聞かせることで、客の心を揺さぶらなくてはいけない。そう、講談としておもしろくなくては意味がない。

なぜなら、満世は講談師だからだ。

「……っ！」

目から鱗がぼろぼろと落ちた気がして、進也は息をのんだ。

感動とは違う。恐れとも違う。焦燥でもない。強いて言うなら、それら全てを混ぜて火をつけたような、熱い感情が胸に湧く。

こんな気持ちになったのは、弟子入りしてから――否、講談を知ってから初めてだ。

同時に、満世に対してなんとも言えない羨ましさを感じた。

俺も兄さんに、ちゃんと意見を言うてもらいたい。

そう、一人の講談師として対等に見てもらいたい。

「青嵐君の考えも一理あるけど、今回の勉強会には講談に馴染みのないお客さんも来てくださると思うんだよね。一般の人がとっつきやすい形の怪談が、ひとつくらいあってもいいんじゃないかな」

重い沈黙を破ったのは満乃介だ。

青嵐は少し考える風に首を傾げたものの、頷いた。

「確かにそうやな。そしたら演出アリで」

「いえっ！　演出はいりません！」

釈台の向こう側から、満世が青嵐の言葉を遮る。青嵐は眉をひそめた。

二人を見て、満乃介が苦笑を浮かべる。

「じゃあ、一旦保留にしよう。勉強会までにはまだもうちょっと時間がある。青嵐君、来月東京に来るだろ。そのときにもう一回見てから判断するのはどうかな」

「わかった。そうしよう。ただ、演出を入れる場合、鳴り物をやってくれる人と照明のスタッフさんのスケジュールを押さえんとあかんから、それ以上は延ばせん」

「了解。満世、それでいいか？」

いつのまにか深くうつむいていた満世だったが、はい、とはっきり返事をした。意を決したように顔を上げ、まっすぐ青嵐を見つめる。

涙ぐんでいたのか、大きな目がキラキラと光っていた。

なぜか胸がざわついて、思わず着物の合わせ目をつかむ。

「来月まで一生懸命稽古しますので、もう一回、お願いします」

「こっちこそ、よろしくお願いします。そしたらちょっと休憩してください」

青嵐が淡々と応じると、満世はペコリと頭を下げた。高座を下りた彼女が困ったように周囲を窺うのを見てハッとする。

満世が『ほうらい亭』に来るのは初めてだ。休憩といってもどうしていいかわからないのだろう。ここで動くのが見習いの役目である。

「満世姉さん、お疲れ様です」

声をかけてそっと近付く。

すると満世は安堵したように笑った。講談師の顔ではなく素の顔だ。

「楽屋へ行きましょか。あ、それとも外の空気にあたりますか？」

「じゃあ……、外へ行ってもいいですか？」

「はい。行きましょう」

満世を促して出口へと向かう。

ふと視線を感じて肩越しに振り返ると、青嵐と目が合った。が、すぐに素っ気なくそらされる。

満世姉さんにきついこと言うてしもたて、気にしてはるんやろか……。

相手が誰であっても、泣かせてしまいそうになったら心配になって当然だ。

そう思うのに、また胸がざわついた。

さっきから何やろ、これ。

青嵐兄さんに意見を言うてもらえる、一人前の講談師になれてへん焦りとは違うよな……。

再び着物の合わせ目をつかみつつ、進也は満世を伴って『ほうらい亭』を出た。

歩き出した商店街に人はまばらだ。店を開けたばかりなのだろう、洋品店の店主がワゴンを外に出したり、薬局の店主が製薬会社のマスコット人形を表に出したりしている。

最近になって見慣れてきた光景に、ほっと息が漏れた。今は自分自身のことは置いておいて、満世の気持ちを解さなくては。

「ちょっと歩きましょうか」

黙りこくっている満世に声をかけると、彼女は無言で頷いた。小柄な満世の表情は、そこそこ背の高い進也からはよく見えなかったが、そのまま並んで歩き出す。

「ここの商店街、安くて美味しいものがいっぱいあるんですよ。あ、そこの喫茶店はホットケーキが美味しいです」

最初に青嵐の講談を聞いた後、常連客に連れていってもらった『もみの木』だ。ガラス戸の向こう側に、数人の客の姿が見える。

満世は黙っていたが、進也は気にしなかった。もとから返事は期待していない。

開店準備をしている店主らに、おはようございます！　と声をかける。満世も気を取り直したように、おはようございますと挨拶をした。

皆、着物姿の進也と満世に注目することもなく、気さくにおはようと返してくれる。

「おはよう、日比野君。あ、青葉君やったな。そっちのお嬢さんは初めて見る顔やねえ」

和菓子屋のおかみさんが満世に話しかけてきた。彼女はときどき『ほうらい亭』に来てくれる。

「東京で講談師をしてます、榊原満世です。よろしくお願いします」

ペコリと頭を下げた満世に、おかみさんは目を丸くする。

「へえ、東京の講談師さんか！　ほうらい亭の高座に上がるんか？」

「はい、今日の夜、上がらせてもらいます」

「そう！　そしたら見に行かしてもらおかな」

「はい、ぜひ来てください！」

満世は嬉しそうに笑った。少しは気持ちが解れたようだ。

俺の方は、まだちょっとざわざわしてる。

再び歩き出すと、満世は大きく息を吐いた。そしてぽつりとつぶやく。

「私、調子に乗ってたかも……」

相づちを必要としない独り言のように感じられたので、進也は黙っていた。

「二つ目になってまだ三年目で、自分の技量が足りないのはわかってるつもりだった。だからこそ、稽古もちゃんとやってるつもりだった。でも、ほんとは全然わかってなかったし、稽古もちゃんとやれてなかったのかもしれない。自分のファンの人の前でやることが多くて、初対面の人に真っ向から評価されるのは久々だったから、けっこうショックだった。しかも言った人が、講談師として凄いなって思ってた人だったし」

そこまで言って、満世はふと我に返ったようにこちらを見上げた。大きな瞳がキラキラと輝いている。眩しい。

「青嵐さんの講談、凄いよね！」

「あ、はい！　凄いです！　俺、青嵐兄さんの赤穂義士伝聞いて、この世界に入ったんです。気が付いたら号泣してて……。青右衛門師匠に弟子入りするまで、しばらく青嵐兄さんの追っかけをしてました」

「追っかけかー。まあでも気持ちわかるかも。ああいう色悪っぽい雰囲気の人、東京の講談師にはいないもん。カッコイイよね」

ふふ、と笑って満世は目を細める。

青嵐を褒められて嬉しい。そうですよね！　兄さんめちゃめちゃカッコイイですよね！　と全力で盛り上がりたいところだ。

しかし、なぜか胸のざわざわがぶり返してしまった。

なんかわからんけど、満世さんに同意したない……。

「俺からしたら、満世姉さんもカッコイイですよ。俺、将来自分が満世姉さんみたいに、自分の講談ができる自信ないですもん」

満世に話を向けると、彼女は瞬きをした。

胸の奥がざわついているのも本当だが、彼女の講談に感心したのも本当だ。

感動でもなく、恐怖でもなく、焦燥でもない。しかしどれでもあるような、途方もなく熱い感情が甦る。

あれは自分も講談の世界で生きていくのだと——心に響く講談を読まねばならないのだという実感だった。

進也はぎゅっと両の拳を握りしめた。

思い返せば、弟子入りしてから今まで、どこか客の側に立っていたような気がする。

少し前に、おまえも講談師になるのだと、それをわかっているのかと青嵐に尋ねられた。彼はまだ進也の覚悟が決まっていないことを察していたのだ。

俺も、講談師として生きていく覚悟をせんとあかん。

こんな風にわけもわからず、ざわざわしている場合ではない。

「青葉君、弟子入りしてどれくらい？」

優しい問いかけだった。満世は年下だが姉弟子だ。芸の世界では芸歴が全てである。年齢は意味をなさない。

「四ヵ月くらいです」

「三方ヶ原軍記はもう読める？」

「はい、どうにか読めるようになりました。ただ、まだ間違えるときもあって、師匠に苦笑いされたりしますけど」

そっか、と頷いた満世は改めてこちらを見上げた。

「近いうちに聞かせてくれる？」

「え、あ、はい！　こっちこそ、よろしくお願いします」

勢いよく頭を下げると、うんと満世は頷いた。前を向いた横顔は幾分かすっきりしている。

一方で、進也の胸はまだざわざわしていた。

満世姉さんはええ人やと思うし、講談師としても尊敬してるけど、ざわざわが消えへん。

今まで生きてきて、一度も経験したことがない感覚だ。

なんやこれ、わけがわからん。

内心で大いに困惑している間に、『ほうらい亭』へ戻ってきた。満世と共に楽屋へ向かう。

ドアを開けると、椅子に腰かけた青嵐と満乃介がいた。

「おかえりー。いい商店街だっただろ」

笑顔で満世に声をかけたのは満乃介だ。

「はい！　今日、高座を見に来てくれるって言ってくださった方がいて」

ね、という風に満世に視線を向けられ、進也は頷いた。

「和菓子屋のおかみさんが声をかけてくれはったんです。ほうらい亭によう来てくれはるんで、きっと今日も来てくれはると思います」

青嵐の視線を感じて、ふと彼の方を見る。

しかし青嵐はすぐに視線をそらしてしまった。

え、なんで？

なんだかショックで固まっていると、青嵐はまっすぐに満世を見上げた。

「関西のお客さんに慣れるええ機会です。しっかり勉強してってください」

ぶっきらぼうだが芯のある物言いに、満世は一瞬目を丸くしたものの、嬉しそうな顔をして頷いた。

たちまち胸のざわめきが大きくなる。

講談師として対等に見られていないのが辛いのか。あるいは進也から視線をそらした青嵐が、満世の目を見たことが辛いのか。

自分でもよくわからないまま、進也は奥歯を噛みしめた。

兄さん、やっぱり変やった……。

長屋へと続く細い路地を歩きながら、進也はため息を落とした。

街灯が夜の道路に生み出す影は、進也自身のものだけだ。隣にも前にも、青嵐の影はない。

それだけで足取りが重くなる。

『ほうらい亭』での高座を終えた満乃介と満世、そして青嵐と共に夕食をとった。約束した通り、和菓子屋のおかみさんが来てくれたこともあるだろう、満世は嬉しそうだった。

ホテルへと帰る満乃介と満世を見送った後、青嵐と一緒に長屋へ帰ろうとしたが、用事があるから先に帰れと言われた。俺も手伝いますと食い下がったが、なぜかタクシーを呼ばれてしまった。慌てて電車で帰りますと言ったものの、とき既に遅し。わざわざ来たタクシーに乗らないわけにはいかず、一人で帰ることになった。

タクシーを呼ばれたのは初めてだった。そもそも今まで、一人で帰れと言われたことがない。

俺、避けられたんやろか……。

何より、ほとんど目を見てくれなかったことが堪(こた)えた。背(そむ)けられた顔を思い出すだけで、ぎゅう、と胸が捩(よじ)れるように痛くなる。

「ひーびーのー」

間延びした声が背後から追いかけてきて、進也は振り返った。

ぷらぷらと歩いてきたのは手に白いビニール袋をさげた、派手な花柄のシャツを着た男——

マジシャンのカンタだ。

「カンタさん、お疲れさんです」

「おう、お疲れ。おまえさっきタクシー降りたやろ。いつのまにそんな贅沢するようになったんや」

「俺の金で乗ったんやないです。青嵐兄さんが呼んでくれはりました」

「ええー、マジか。あいつはほんまおまえに甘いなあ」

ははー、と笑ったカンタに、進也は驚いた。進也に対する青嵐の素っ気ない態度を見て、甘いと言う人はほとんどいない。マジックを生業としているだけあって、カンタは物事の裏側を捉えるのが得意なのかもしれない。

進也は自然とため息を落とした。

「確かに兄さんは優しいですけど、今回のタクシーは優しさとは違うと思います」

「なんでそう思う」

「なんか、避けられてる気がして」

「そうなんか?」

こくりと頷くと、ふうーんとカンタは間延びした相づちを打つ。

ちょうど長屋に着いた。長屋の住人のほとんどを占める芸人たちは宵っ張りである。まだ多くが帰宅していないらしく、明かりが灯っている家は少ない。

カンタは自分の部屋の前まで来ると、ちょいちょいと手招きをした。玄関の前にしゃがみ込み、またちょいちょいと手招きをする。

着物の裾を割ってしゃがんだ進也の前に、ビニール袋から取り出されたパックが差し出された。ふわ、と香ばしい匂いが鼻先をくすぐる。薄暗い中でも、そこにぎっしりとつめられているのが焼き鳥だとわかった。

「お客さんにお土産でもろたんや」

「食べてええんですか？」

「おう、食べろ食べろ」

ありがとうございますと礼を言った進也は、遠慮なくつくねを選んで齧りついた。タレは甘めだが、ほんのり生姜がきいている。

「あ、旨い。めっちゃ旨い。俺、これ好きです」

思わずニッコリ笑うと、ねぎまに齧りついていたカンタは瞬きをした。

「日比野、学生時代にスカウトされたことあるやろ」

「まさか！　一応レギュラーでしたけど、ドラフトにひっかかるような選手やなかったからスカウトなんかされてません。大学も一般入試で入ったし」

カンタは薄い眉を八の字に寄せた。

「いやいや、野球の話をしてるわけやないのよ。ていうかレギュラーやったんかい。ポジションは？」

「ショートです。ショートで二番」

「ナニゲにモテポジやないか。や、だから今は野球の話をしてるわけやないねん。モデルとか俳優とかアイドルとか、そういう芸能スカウトの話や」

真面目な顔で言われて、つくねを齧っていた進也は思わず噴き出した。

「そんなんあるわけないでしょう」

「マジで？　おかしいな、もしかして身長が伸びたん高校生になってからか？」

「そうですけど……」

中学までは背が低い方だった。にもかかわらず手足がひょろりと長くて、自分でもアンバランスな体型だったと思う。高校へ入ると同時に急激に背が伸びて、大学でようやく均整がとれたのだ。

「あ、でも、大学んとき、お時間ありますかーてどっか連れて行こうとする怪しい人がいて困りました」

アホ、それがスカウトや、とカンタにツッコまれた。

「無自覚天然怖いわー。てか背が伸びてから女子にモテだしたやろ」

「俺は天然やないです。別にモテてなかったし」

「けど歴代のカノジョとは、告白されて付き合うたんやないか？　そんで揉めたりはせんと、なんかぬるっと別れて、今は誰とも付き合うてない」

「ぬるっとて何ですか……。てかカンタさん、さっきからなんで俺のことそんなにわかるんですか。こわっ」

カンタが言った通り、今まで付き合った恋人とは告白されて付き合った。好きと言ってもらえて嬉しくて、カノジョがいないときならその場でOKする、というパターンだった。

ただ、高校二年のときに付き合った初めてのカノジョとは一年もたずに自然消滅し、大学一年で付き合った二人目のカノジョには、思ってたのと違うと言われて早々にふられた。三人目のカノジョとは二年ほど付き合ったものの、相手が故郷で就職したのを機に別れた。お互いに遠距離になっても関係を続けたいとまでは思えなかったのだ。社会人になってからは恋愛どころではなかったので、今はフリーである。

「日比野はリア充やったんやねえ……」

しみじみと言ったカンタがパックを差し出してくる。進也はいただきますと頭を下げて、遠慮なく焼き鳥に手を伸ばした。

「恵まれた学生時代やったとは思いますけど、リア充ていうんやったら、今の方がずっとリア充です。カノジョはおらんけど寂しい思たことないし、講談はおもしろいし、稽古したら稽古しただけ認めてもらえるし、青嵐兄さんと一緒にいられるし……」

そこまで言って、青嵐に避けられているかもしれないことを思い出し、しょんぼりとしてしまう。

カンタはふうーんとまた間延びした相づちを打った。

「青嵐に避けられてるんやったっけ。心当たりはないんか？　おまえが何かやらかしたとか」

「心当たりないです……。やらかしたんやったら謝るし、改めるし」

「まあそうやろな。そしたら青嵐の問題か」

「え、それどういう意味ですか？　兄さんに何かあったんですか」

焼き鳥の竹串を片手にカンタに詰め寄る。

カンタは降参するように両手を上げた。

「それは俺にはわからん。わからんけど、青嵐にかてプライベートはあるやろ。何かあったけど、おまえには知られたないて思てるんかもしれん」

「何かって、たとえば何ですか？」

「やから俺にはわからんて。プライベートやから、家族か、友達か、恋人か、その辺が原因とちゃうか？」

えっ、と進也は大きな声をあげてしまった。

「兄さん、恋人いてはるんですか！」

「知らんがな」

「けど今恋人って！」

「うおっ、危ない、串を向けるな串を」

「あ、すんません、それより兄さんの恋人て誰ですか！」

わあわあと言い合っていると、何やってんすか、と声がかかった。バイト帰りらしき漫才師の奥平が歩み寄って来る。

「おお、奥平、助けてくれ〜」

「あ、カンタさんが何か旨そうな物持ってる」

「焼き鳥や。やるから助けてくれ。日比野がしつこいし怖い」

「カンタさんが兄さんに恋人いるって言うから！」

尚もカンタにつめ寄ると、落ち着け、と奥平に肩をつかまれた。

「落ち着いてられませんよ！　兄さんに恋人がいるなんて聞いてへん！」

「いやいや、何を言うてんねん。青嵐さんに恋人がいたとしても、別におまえに言う必要はないやろ」

あきれたようにツッこまれて、進也は言葉につまった。

——奥平さんの言う通りや。

思い返してみれば、進也は青嵐のプライベートな情報をほとんど知らない。

本名は城戸徹平。奈良県出身。有名進学校である高校を卒業してすぐ、青右衛門に弟子入りした。

それらは公開されている情報だから知っているだけで、青嵐から聞いたわけではない。子供の頃、祖父母の家の近くにあった寄席によく行っていたことは話してくれたものの、今現在の話ではない。

今の兄さんのことは何も聞いてへんし、何も知らん。

改めて気付かされたその事実に、進也は愕然とした。


それからも青嵐と二人きりで話す機会はなかなか訪れなかった。

勉強会の打ち合わせのときは青吉と葉太郎がいるし、『ほうらい亭』では他の講談師や事務員がいる。青右衛門の仕事について行くときは、当然ながら青嵐には会えない。

唯一、朝出かけるときが話をするチャンスだが、このところ青嵐は夜遅くに帰ってきて朝早くに家を出るため、顔を合わせることすらなかった。前は壁の向こうから稽古する青嵐の声が聞こえてくることもあったのに、どこで読んでいるのか静かなものだ。

今朝も隣の玄関の引き戸が閉まる音で目を覚まし、なんでもっと早よ起きんかった俺！　と寝癖のついた頭を激しくかきまわした。

これ、絶対避けられてるよな……。

青右衛門にさりげなく青嵐の身辺に変わったことがないか尋ねてみたが、怪訝そうな顔をされてしまった。青右衛門は何も聞いていないらしい。家族に何かあったわけではなさそうだ。

一週間ほどが経ち、もうこうなったら本人に直接尋ねるしかないと思い始めた矢先、ようやく二人で話せそうな機会が巡ってきた。『ほうらい亭』で、勉強会のポスターのデザインを担当する印刷会社との打ち合わせに同席するよう、青右衛門に言われたのだ。青吉と葉太郎は営業で地方へ出ているので、話し合うのは青嵐一人らしい。

やっと兄さんと話せる！　と一瞬浮かれたものの、進也はにわかに緊張した。

何があったか聞くのはいいとしても、恋人がどうこう言われたらどうすればいいのか。

兄さんはあんなにカッコエエんや。恋人がいてはっても不思議はない。

ていうか、いてはる方が自然や。今まで考えんかった俺がおかしい。

けど、なんか嫌や……。

青嵐の恋人を少し想像しただけで、胸がざわざわする。この感じは、満世が青嵐をキラキラと輝く瞳で見つめたときと、青嵐がそんな満世を見つめ返したときの感じと同じだ。満世は青嵐の恋人ではないのに、なぜだろう。わけがわからない。

胸の辺りの着物の合わせ目を握りしめて歩いていると、青葉、と横から声をかけられた。

喫茶店から出てきたのは、やや薄くなった頭にハンチング帽をかぶった小太りの男性だ。会社を辞めるときに世話になった弁護士の大庭である。

「あ、おはようございます、大庭先生」

「おはよう。今からほうらい亭か?」

「はい、ちょっと打ち合わせで。大庭先生は青嵐兄さんの高座を見に来はったんですか?」

「いや、この近くに野暮用があって、遅めの昼を食べたとこや。だいたい、今日ほうらい亭休みやないか」

あ、と進也は思わず声をあげた。

「どないした、大丈夫か?」

笑いながら問われ、すんませんと慌てて謝る。青嵐のことばかり考えすぎて、他が疎かになってしまったようだ。

しゅんとした進也の肩を、大庭は元気づけるように叩いた。

「そんなしょげることないがな。どうや、稽古は順調か?」

「あ、はい。なんとか三方ヶ原軍記は読めるようになりました」

「そうか。そしたら近いうちに開口一番で聞かしてもらえるな。楽しみにしてるで」

「はい、がんばります。よろしくお願いします!」

進也は気を取り直して頭を下げた。開口一番とは、最初に高座に上がる前座格の芸人のことだ。ただ、プログラムに名前は載らない。

けど、講談師としての第一歩や。

「講談のことは青右衛門先生に相談するとして、他のことで何かあったら、いつでも僕に相談せえ」

「他のことて？」

「痴情のもつれ、借金トラブル、ご近所トラブル」

「ええ、何ですかそれ。ていうか俺のご近所さん、青嵐兄さんなんですけど」

「そうやったな。青嵐に迷惑かけられたら、僕が慰謝料とったるさかい」

がはは、と豪快に笑った大庭につられて進也も笑った。おかげで少し気持ちが軽くなる。

大庭に別れを告げた進也は、改めて『ほうらい亭』をめざした。

とにかく、今日は兄さんと話せるんや。

それ自体は素直に嬉しい。

既に見慣れた建物に入った進也は、一直線に楽屋へ向かった。ドアを素早くノックし、返事を待たずに開ける。

「おはようございざい、ます……」

勢いよく挨拶をした声が次第に小さくなったのは、中にいた青嵐と心葉が手に持っていた封筒と便箋を素早く机に伏せたからだ。

え、何？

固まっていると、心葉がおはようと明るく声をかけてきた。

「早いな、青葉」

「早よう来すぎや」

青嵐は素っ気なく言いながら、封筒と便箋を心葉に渡す。心葉はそれを無言で受け取って膝の上に隠した。――そう、隠したように見えた。

あの手紙は何や。なんで隠したんや。

そもそも、なぜ心葉がここにいるのか。彼女は勉強会とは無関係だ。

「あの、それは……」

疑問を口にしようとすると、青葉、と青嵐に呼ばれた。今日も濃い色のシャツとパンツを身に着けている。

三白眼がじろりとこちらをにらんだ。

「茶をいれてくれ」

「え、あ、はい……」

とりあえず頷いたものの、どうにも腑に落ちない。青嵐は明らかに進也の質問を遮った。

俺には言えんことなんか……。

ズキ、と胸が強く痛む。

恐る恐る心葉に視線を向けると、彼女はニッコリ笑った。進也を気遣っているとわかる表情に思わず笑みを返したものの、様々な考えが頭を巡る。

なんで姉さんには言えて俺には言えんのやろ。俺が見習いやから？　兄さんが俺を避けてはることと関係あるんか。

「青葉」

突っ立っていると、青嵐に強く呼ばれた。びく、と全身が跳ねる。

進也はそっと青嵐に視線を戻した。鋭く整った面立ちに笑みはない。その仏頂面（ぶっちょうづら）は一見するといつも通りだが、進也は怖いと感じた。いつもは冷たそうに見えても、目の奥に温かみがある。今はそれがない。

「茶」

ぶっきらぼうに言われて、はい！　と進也は反射的に返事をした。急いで楽屋の隣にある給湯室（きゅうとうしつ）へ向かう。

同時に、心葉が立ち上がったのが視界の端に映った。持っていた手紙一通を自分のバッグにしまう。

青嵐はその動作を目で追ったものの、何も言わなかった。

ズキ、と胸が強く痛んだ。

ポスターの打ち合わせは滞りなく済んだ。青右衛門が若い頃から付き合いのある印刷会社だが、勉強会のポスターを担当してくれるのは社長になったばかりの四代目である。三十そこそこと年が近かったせいか、ざっくばらんな話ができて、若手の勉強会に相応しいモダンなデザインに決まった。青嵐も機嫌がよさそうだった。

青嵐はこの後、落語の定席『花果実亭』で出番があるという。打ち合わせを終えてさっさと楽屋を出た彼を、進也は慌てて追いかけた。

「待ってください、兄さん！」

青嵐は肩越しにちらとだけ振り返ったものの、歩みを止めない。

午後三時すぎの商店街は、学校帰りの小学生や買い物客で賑わい始めていた。彼らにぶつからないように気を付けながら、青嵐に追いつく。

するとまた青嵐はまた肩越しに一瞬だけ進也を見た。

「師匠のとこへ行かんでええんか」

「はい、今日はこの打ち合わせが終わったらもう帰ってもええて」

「そしたら帰れ。帰って稽古せえ」

素っ気ない物言いに萎えそうになる気持ちを、進也はなんとか奮い立たせた。

「や、あの、せっかく兄さんが花果実亭の高座へ上がらはるんやから、お邪魔させてもらおう思て。兄さんの講談、勉強さしてもらいたいです」

もしかしたら来るなて言われるかも、と身構える。

息をつめて見つめた先で、青嵐は首を傾げた。後ろを歩いているので表情はわからない。

「まあええわ」

「え」

「来たらええ」

「あ……、はい！　ありがとうございます！」

嬉しくて大きな声で返事をすると、うるっさ、と鬱陶しそうに言われた。いつも通りの言い方に、更に嬉しくなる。

よし、今なら聞ける！

「あの、兄さん」

ん？　と短い応えが返ってきた。

「何かありましたか？」

「何かて何や」

「何って、えと、ご家族に何かあったとか……」

「皆元気や。何もない」

「そうですか。よかったです。そしたら、あの、こ、こっ」

恋人とか、と言おうとしたが、どうしても言えなかった。

黙り込んだのを不審に思ったのか、青嵐がちらと視線を向けてくる。

「こ、て何や」

怪訝そうに問われて、いえ！　と大きな声を出してしまう。

「何でもないです！　あの、そしたら、何か困ってはることとか、悩んではることとか、ないですか？」

「別に」

ごく短い答えには、何の感情も含まれていないように聞こえた。悩みがあるのかないのかすらさっぱりわからない。

どうしよう。何をどう聞いたらええんや。

「兄さん、この前から俺のこと、避けてはりませんか？」

焦るあまり、いきなり核心を口にしてしまった自分自身にぎょっとする。心臓がバクバクと騒ぎ出した。

肩越しでもいいから振り返ってくれないかと思ったが、青嵐は前を向いたままだ。

「さっきも一緒に打ち合わせしたし、これから一緒に花果実亭へ行くんやから、避けてるわけないやろ」

「それは、そうですけど……」

とりつく島のない返事に口ごもる。

今までは避けてたやないですか。

そう言おうとして言えなかった。きっと何を言ってもかわされてしまう。口では青嵐に勝てない。

や、口以外でも俺が兄さんに勝てるとこなんかひとつもないんやけど。

――このままでは、何もわからないままだ。

進也は再び勇気を振り絞った。

「さっき、打ち合わせの前、心葉姉さんと一緒にいてはりましたよね。何を話してはったんですか?」

「別に何も。ただの世間話や」

「けど、手紙を……」

「ああ、手紙な。あれはお客さんが送ってくれはった感想や。まだ高座に上がってへんおまえには関係ない」

動揺した様子もなく素っ気なく言われて、進也は言葉につまった。

おまえには関係ない。

その言葉が耳の奥でわんわんと反響する。

「兄さん……!」

気が付けば、大声で呼び止めていた。

さすがの青嵐も驚いたように振り返る。

全身が熱くなっているのを感じつつ、進也は両の拳をぎゅっと握りしめた。

「無視せんといてください！」

珍しく丸くなっていた青嵐の三白眼が、不機嫌そうに眇められる。

「無視なんかしてへん」

「無視してるやないですか！　朝、一緒に行ってくれはらへんし、一緒に帰ってくれはらへんし、満世さんの目は見るのに、俺の目は見てくれはらへんし！」

一度不安と心細さを口にしたら止まらなかった。今日まで溜まりに溜まっていた分、次から次へと言葉が出てくる。

「俺、兄さんに何かしましたか？　何かしてしもたんやったら教えてください。謝りますから！」

言い終えると同時に、ぼろ、と涙がこぼれ落ちた。それを皮切りに、次々に涙があふれる。止められない。

視界が涙で滲んで、青嵐がどんな顔をしているのかわからなかった。青嵐の講談を初めて見て号泣したときと同じだ。

あのとき、兄さんは自分の手拭いを貸してくれはった。

しかし今は、ただ対峙しているだけだ。

「おまえは何もしてへん」

ぶっきらぼうに返ってきた答えに、嘘や、と間髪をいれずに言い返す。泣きじゃくっているせいで、ヴゾや、というみっともない発音になってしまったが、気にしている余裕はない。

「ほん、まのこと、言うて、ください」

「嘘や」

「嘘やない」

「そしたら、なんで……！」

絞り出すように問うと、青嵐は束の間沈黙した。

「――今日はもう帰れ」

突き放す物言いに、胸が捩れるような痛みを訴える。苦しい。息がつまる。

「い、いやです、花果実亭に、行きます」

「帰れ。そんなぐずぐずになってて、勉強なんかできんやろ。そもそも俺ら講談師はお邪魔させてもらう立場や。噺家さんの迷惑になるようなことはするな」

ううう、と進也はうなった。正論だ。

けど、今は正論なんか聞きたない。聞きたいのは兄さんの気持ちや。

やって俺は、兄さんのことが好きやから。

ふいに自覚して、進也は狼狽(うろた)えた。

兄弟子(あにでし)としても、講談師としても尊敬している。人間としても好きだ。こんなに好きになった人はいないと断言できる。しかし、それだけではなかった。

俺は、恋愛感情でも兄さんが好きや。

青嵐を見つめる満世の瞳が輝いているのを見たとき、青嵐が満世をまっすぐに見つめたとき、胸がざわついたのは嫉妬のせいだ。今まで自分から誰かを好きになったことがなかったから、気付けなかった。

——あかん。これは、いくらなんでもまずい。

進也はじりじりと後退(あとずさ)った。ぼんやりとした視界に映る青嵐の影が遠くなったところで、勢いよく踵(きびす)を返す。

「え、ちょっ、青葉！」

青嵐が呼ぶ声が聞こえたが、進也はひたすら逃げた。


どうやって長屋まで帰ったのか、ほとんど記憶がなかった。気が付いたときには、畳(たたみ)の上でうずくまって泣いていた。

青嵐に恋愛感情を持ったところでどうしようもない。何よりも、青嵐にとっては迷惑でしかないだろう。ここ最近、青嵐に避けられていたのは、彼が進也の気持ちを察したからかもしれない。

けど、この気持ちはそんな簡単には消せへん。

進也は狭い部屋で一人、これからどうすればいいか必死で考えた。

講談の世界にいる限り、青嵐と距離を置くことはできない。それならいっそ講談師を辞めるか。

弟子入りし、高座名ももらったが、まだ講談師にはなっていないのだ。青右衛門をはじめ、散々世話になった人たちには本当に申し訳ないが、離れるのは案外簡単かもしれない。

そこまで考えた進也だったが、嫌や、と瞬時に強く思った。講談からは離れたくない。

俺は、講談師になりたい。

弟子入りを決めたときよりも、ずっとはっきりとそう思う。

ならば、どうする。とりあえず、青嵐が隣に住んでいるこの長屋から引っ越すか。

けど、兄さんと離れたない。

ぎゅうっと胸が痛んで着物の合わせ目をつかむ。この着物は青嵐のお下がりだ。普段から着物を着て生活したいと言うと、俺はもう着んからと譲（ゆず）ってくれた。

自分の肩を抱くように着物にすがったそのとき、ガシャガシャ、とガラス戸を叩く音がした。

長屋にはチャイムがない。

まさか、兄さんか？

固まっていると、日比野、と呼ぶ声が聞こえてきた。奥平の声だ。

いつのまにか部屋は夕闇に包まれていた。少なくとも一時間ほど、ぐるぐると考え続けていたようだ。

「日比野ー、おるか？」

「あ……、はい、います」

応じた声はみっともなく掠れた。

しかし奥平はどうしたと尋ねることなく、中に入ってこようともせず、更に声をかけてくる。

「おまえ、今日はもう出かけへんやろ」

「え、あ、はい……」

「そうか。そしたら、ここに弁当置いとくから食え」

「え、え？」

「よしざわ弁当の唐揚げ弁当や。茶も入れといたから」

咄嗟に立ち上がろうとしたものの、長い時間うずくまっていたせいで足に力が入らない。ふらふらとよろけてしまう。

ようやく戸を開けたときには、奥平の姿はなかった。玄関の前に、近所にある弁当屋の袋がぽつんと置いてある。

少し離れた部屋に入ろうとしている奥平の背中が見えた。

「あの、ありがとうございます……！」

思わず礼を言うと、奥平はこちらを振り返ってひらひらと手を振った。そのまま何も言わずに部屋の中へ入ってしまう。

なんで奥平さんが弁当を奢(おご)ってくれはるんやろ……。

今まで彼にご馳走(ちそう)になったことは一度もない。それに、なぜ今、進也が家にいるとわかったのか。

首を傾げつつ袋を持ち上げると、唐揚げの香ばしい匂いが鼻をくすぐった。『よしざわ弁当』の唐揚げ弁当は、進也の好物だ。ぎゅるる、と腹が鳴る。

こんなときでも腹が減るて、俺は案外図太いな……。

パワハラを受けていたときは、全く食欲が湧(わ)かなかったのに。

それだけ回復した、いや、回復させてもらったということだろう。『ほうらい亭』の常連客たちに、大庭と大庭が紹介してくれた弁護士に、青右衛門に、兄弟子や姉弟子(あねでし)たちに。そして、誰よりも青嵐に。

一度は止まった涙が、またじわりと滲んだ。

やっぱり俺は、兄さんが好きや。

自分にとって天変地異みたいな出来事があっても、今日ていう日はいつも通り、しれっと来るんやな……。

コントロールルームの隅に腰を下ろした進也は、ガラスの向こう側にいる青右衛門をぼんやりと見つめた。いつもと変わらず穏やかで軽妙な語り口だ。アシスタントの女性アナウンサーが楽しそうに笑う。

今日は私と一緒に来なさいと青右衛門から連絡がきたため、こうしてラジオ局に赴いた。

しかし進也の頭の中は、青嵐のことでいっぱいだった。

昨夜はずっと隣室の物音に耳をそばだてていたが、青嵐は帰ってこなかった。まんじりともせずに朝を迎えた進也は、鏡を見て仰天した。目がパンパンに腫れていたのだ。慌てて冷やしたが、完全に元通りにはならなかった。今朝、青右衛門は進也の目の腫れに気付いたはずだが、何も言わなかった。

引っ越し、どうしよう。

気持ちを自覚してしまった以上、やはり青嵐の傍にいるわけにはいかないだろう。

けどやっぱり離れたない……。

我知らず唇を噛みしめたそのとき、ドアが開いた。顔を覗かせた四十がらみの男に、ぎく、と全身が強張る。

おまえはこんなこともできんのか！

かつての上司の声が、頭の中でリアルに響いた。冷や汗がどっと全身に滲む。

しかし進也を見つけて笑みを浮かべた顔を改めて目の当たりにして、じわりと緊張が解けた。

——あいつやない。生方さんや。

生方はブースにいる青右衛門に会釈をしつつ進也に歩み寄ってきた。立ち上がっておはようございますと頭を下げる。

「おはようございます。あれ、日比野君、体調悪いですか？」

「え、いいえ、大丈夫です。ちょっと寝不足で……」

瞬時に目の腫れに気付いたらしい生方に、内心で舌を巻く。顔を合わせたのは一度きりなのに、さすがだ。

「ちょっと出ませんか？　コーヒーでもご馳走しますよ」

「いえ、師匠の収録が終わるまで、ここを離れるんはちょっと……」

「じゃあ、ブースを出たところにある自販機でどうですか？　僕が飲みたいから付き合ってほしいんです」

や、でも、と口ごもりつつ青右衛門を見遣ると、こちらの様子を窺っていたのか、すぐに目が合った。頷いた青右衛門は、行きなさいという風に手を小さく振る。

「お許しが出ましたね。さ、行きましょう」

青右衛門に会釈をした生方と共に、進也はコントロールルームを出た。

スタッフルームや事務室は別の階にあるせいか、無機質な廊下に人気はほとんどなかった。局のスタッフが二人、足早に通りすぎていっただけだ。

生方は少し歩いたところにある自動販売機で缶コーヒーを買ってくれた。ありがとうございますと礼を言って受け取る。

「日比野君、高座名、青葉に決まったんですよね。おめでとうございます」

「あ、ありがとうございます。これからも精進しますので、よろしくお願いします」

進也は勢いよく頭を下げた。

一晩経っても、講談師になるという決意にかわりはなかった。もはや何が起ころうとも、気持ちは揺るがないようだ。

「青葉、良い名前ですね。日比野君にぴったりだ」

ニッコリ笑った生方は、自販機の横にあるソファに座るように促した。

「稽古は順調ですか？」

「はい、なんとか。三方ヶ原軍記は、一通り読めるようになりました」

「そうですか！　青嵐さんたちの勉強会の手伝いもされてるそうですね」

ふいに出てきた青嵐の名前に、肩が揺れてしまう。それをごまかすために咳払いをした進也は、いいえ、と首を横に振った。

「手伝いていうほどたいしたことはしてません。兄さん方のやりとりを近くで見せてもらって、勉強さしてもらってます。特に今回は東京の講談師さんとも話をさせてもらえますから、勉強になります」

そうですか、と生方は頷いた。

「がんばってくださいね。僕は、青葉君や青嵐さんが上方の講談界を引っ張っていってくれると信じてます」

また青嵐の名前が出てきて、缶コーヒーを飲む動きが止まった。ズキ、と胸が痛む。

「青嵐兄さんは確かにめっちゃカッコエエし、講談の実力も凄いから、わかりますけど……。俺には、兄さんみたいな講談はできませんから……」

うつむいてつぶやくと、生方は明るく笑った。

「そりゃそうでしょう。青葉君は青嵐さんとは違う人間なんだから、青嵐さんみたいな講談はできないし、する必要もない。青葉君には、青葉君にしかできない講談があるはずです。青右衛門先生も、そういう風におっしゃいませんでしたか？」

確かに言われた。真似をする必要はない、おまえはおまえのやり方でやりなさい、と。

「そんなん、できるかどうかわからんやないですか。俺なんかまだ弟子入りして四ヵ月やし、三方ヶ原軍記を覚えるだけで一苦労やし……。青嵐兄さんみたいに、高校んときから講談をやってはって、心に響く読み物ができる天才みたいにはいきません」

　青嵐のことばかり考えていたせいだろう、弱音を吐いてしまってハッとする。

　うわ、生方さん、ほぼほぼ初対面の人やのに。

「あ、あの、俺」

　すんません、と慌てて謝ろうとした進也は、生方がこちらを穏やかに見つめていることに気付いた。目が合うと、彼はにっこりと微笑む。

「青嵐さんは魅力的な講談師ですけど、天才とはちょっと違うと思いますよ。前は軍談ばっかり読んでて、今みたいにコアな人気すらなかったですから」

「え……？　でも兄さん、今は漫遊記とか侠客物（きょうかくもの）とかもけっこう読んではりますけど」

　もちろん軍談も読んでいるが、上方で受ける漫遊記や侠客物、怪談、江戸の頃の白浪物（しらなみもの）も読んでいる。基本は東京のものである世話物も読む。進也はどちらかといえば、軍談よりそちらの方が好きだ。

「でも一昨年（おととし）の夏頃まで、軍談以外はたまにしか読んでなかったんですよ。読んでも正直、上っ面（うわつら）というか、心にくるものがなかった。それなのに何があったのか知らないけど、一昨年の秋頃から急に世話物を中心に読むようになって、これがまた凄く良くなったんだよね」

「一昨年の秋……」

進也が初めて『ほうらい亭』へ行き、青嵐の講談を聞いたのも一昨年の晩秋だ。

あのとき、兄さんも別の意味で苦しんではったんやろか。

「青嵐さんの講談師としてのキャリアは青葉君よりずっと長いけど、彼、青葉君と同い年でしょう。まだまだ発展途上だよ。だから青葉君も、いろいろ決めつけないでやってみたらいいと思う」

生方の砕けた口調に、進也はぽかんとした。

そうや、兄さん、俺と同い年やった……。

青嵐が既に講談師として活躍し、圧倒的な実力を持っていることに加え、何かと気遣って甘やかしてくれるので、自分よりずっと大人で余裕があると思っていた。

なぜ避けられているのか、何を隠されているのか、わからないままだ。

しかし商店街の真ん中で大の男に突然号泣された青嵐が、大いに困惑したことは想像に難くない。しかもその後、一人置き去りにされたのだ。

俺かて同い年の男にそんなんされたらドン引く……。

——とりあえず、謝ろう。

引っ越すにしても、ちゃんと青嵐と向き合ってからだ。今日まで支えてくれて、助けてくれた青嵐に、不義理はしたくない。

「あの、生方さん、ありがとうございます」

進也はペコリと頭を下げた。

生方は驚いたように目を見開いたものの、嬉しそうに微笑んだ。

「たいしたことは言ってないよ。ただ青葉君にがんばってほしいと思っただけだから。部外者が偉そうに言ってごめんね」


『ほうらい亭』の楽屋にせっせと掃除機をかけていると、開け放したままのドアをノックする音がした。

振り返ると同時に、Tシャツにデニムのパンツという格好の葉太郎が入ってくる。

「おはよーす」

「おはようございます！　すんません、今終わりますから」

「ああ、ゆっくりでええぞ。まだ時間あるから」

はい、と返事をしつつ進也は慌ててコンセントを抜いた。

着替えや草履が入った大きなバッグを机に置いた葉太郎は、こちらを振り返って首を傾げる。

「あれ、青葉、顔色悪ないか？」

「え？　いえ、大丈夫です。ちょっと寝不足で……」

襷がけをしているせいで袖で顔を隠すわけにもいかず、進也はうつむいた。高座から客の反応を敏感に見てとり、それに合わせて読むのが講談師だ。もちろん葉太郎も鋭い。

「熱心に稽古するんはええけど、ちゃんと寝ろよ」

「はい、気を付けます」

進也はペコリと頭を下げた。

昨夜、青嵐が帰ってくるのを待ちながらうつらうつらしているうちに、いつのまにかしっかり眠ってしまった。明け方に隣から玄関の戸を開ける音が聞こえてきて、青嵐が家を出たのがわかった。

やっぱり避けられてる……。

昨日のことを考えれば当然といえば当然だが、ショックだった。一瞬泣きそうになったものの、奥歯を噛みしめて堪えた。

泣いている場合ではない。今日は青右衛門が『ほうらい亭』のトリを務める。青嵐も出番がある。絶対に顔を合わせることになるから、とにかく謝らなくては。

ルルルルル、と事務室で電話が鳴った。まだ事務員が出勤していないらしく、鳴り止まない。楽屋を出て事務室へ向かうと、ちょうどやって来たらしい心葉が電話をとったところだった。

「はい、ほうらい亭でございます」

すんません、と口パクで言いながら事務室に入る。

笑顔で頷いてくれた心葉は、福地さん、おはようございます、と受話器に向かって明るく挨拶をした。福地というのは事務員の女性だ。

「えっ、そうなんですか！　大丈夫ですか？　――ええ、はい、わかりました。気を付けて来てくださいね」

心葉はそっと受話器を置いた。

「福地さん、どうかしたんですか？」

「電車の事故で遅れるて。私、福地さんが来はるまで受付するわ」

「え、あ、ありがとうございます！　お願いします。そしたら俺、表を掃除してきます」

「うん。頼むわ」

心葉に頭を下げ、進也は事務室を出た。

心葉姉さん、いつも通りやった……。

隠し事をしている雰囲気はなかった。後ろめたさも感じられなかった。

俺の勘違いか？　けど、あのとき心葉姉さんも手紙を隠さはった。

あの手紙、結局何やったんやろ。

『ほうらい亭』に来る客は年配の人が多い。筆まめなのだろう、ホームページからではなく、手紙やハガキで感想が送られてくることが多々ある。

なんかヤバイ手紙やったんか？

首をひねりつつ箒とチリトリを手に取った進也は表に出た。昼さがりの商店街に、人通りは多くない。今日は朝から晴れて湿度も低い爽やかな気候のせいか、のんびりとした空気が流れている。進也は大きく息を吐き、掃除を始めた。

やはりもう一度青嵐と話したい。おまえには関係ないと言われたが、引き下がりたくない。

うんと一人頷いていると、ふいに視界の端に埃まみれの男の革靴が入り込んできた。反射的に顔を上げる。

そこに立っていたのは、ぶよぶよとした体を皺だらけの白いシャツと毛玉のついた黒いズボンに包んだ男だった。落ちくぼんだ目に光はない。恐らく五十歳そこそこだろうが、土気色の顔色のせいか、もっと老けているように見える。

進也は無意識のうちに箒をぎゅっと握りしめた。

完全にヤバイ人や。

背筋が冷たくなる一方で、不思議な既視感を覚える。

この人、どっかで見たことあるような……。

「手紙」

ふいに男がしゃがれた声で言った。

え、と思わず声を出す。

「手紙、届いただろう」

「え……」

「手紙、読んでないのか？」

ふいに男の目に力が漲り、進也をにらみつけた。刹那、青嵐と心葉が隠した便箋と封筒が、パッと脳裏に浮かぶ。

たぶん、あの手紙のことや。

「え、と、どちらさまですか？」

「モトキ物流の営業本部長の平見だ」

ギク、と全身が強張った。モトキ物流は、進也が勤めていた会社の名前だ。

しかし営業課に属していたとはいえ、直接接点がなかった本部長の名前は覚えていなかった。音つきの映像でやけに鮮明に覚えている場面がある一方で、ある部分の記憶はひどく曖昧なのだ。

「まさか、覚えてないのか？」

黙っていると、平見は苛立ったように距離を詰めてきた。反射的にのけ反る。

それが気に食わなかったらしく、更に詰め寄られて肩を突かれた。

「おまえが杉谷を訴えたりしなけりゃ、こんなことにはならなかったんだよ！」

濁った声で怒鳴られて、ひく、と喉が鳴った。杉谷というのは、進也にパワハラをした上司である。

何回言うたらわかるんや！　その足りない脳味噌ちゃんと働かせろ！

唾を飛ばして怒鳴る男の顔がフラッシュバックした。

全身に冷や汗が滲む。頭の芯がじんと熱く痺れた。反対に、体の表面は凍りついたように冷たくなる。

「弁護士まで雇って被害者面して会社やめて、何もなかったみたいに新しい仕事しやがって、自分だけ逃げて許されると思うなよ！」

男に襟元をつかまれそうになったその瞬間、ぐいと腕を引かれた。そのまま強い力で後ろへ引っ張られる。

脇から現れたのは、黒いシャツを着た青嵐だった。左手に持っているのは茶色の革の張り扇だ。斜め後ろから見た横顔には、初めて見る激しい怒りが滲んでる。

「な、なんだ、おまえ……」

青嵐の鋭い顔立ちと黒ずくめの服、そして恐らく初めて見るだろう張り扇を目の当たりにして、平見は怯んだ。

青嵐は平見を見据えたまま口を開く。

「帰れ。今やったら穏便に済ませたる」

「はあ？　おまえに関係ないだろ！」

「関係あるから言うてんのや！」

青嵐は間髪をいれずに怒鳴り返した。日常的に腹から声を出している講談師の声量は、一般人の比ではない。比喩ではなく、頭上のアーケードがびりびりと震える。凍ったように動けなくなっていた進也の鼓膜も激しく震えた。

完全に迫力負けした平見は、一歩退く。それで帰るかと思いきや、ポケットから取り出したのはカッターナイフだった。チキチキチキ、と刃が出される。

その瞬間、また青嵐が怒鳴った。

「帰れ！　警察呼ぶぞ！」

先ほどよりも太い声だった。

びく、と全身を震わせた平見の手からカッターが落ちる。

「青葉！　青嵐！」

また別の大きな声がしたかと思うと、『ほうらい亭』から心葉が飛び出してくる。続けて葉太郎も出てきた。

「なんやおまえ！　何やっとんのじゃ！」

三人三様に大声を出されて、ただでさえ怯んでいた平見はさすがに怖くなったらしい、あたふたと逃げ出す。

が、今度は商店街から出てきた店主たちが待ち受けていた。さすまたを構えた薬局の主人、モップを握りしめた八百屋のおかみさん、箒を手にした喫茶店のマスター、竹刀を構えた剣道三段の和菓子屋の若主人の姿もある。

平見は慌てたようにこちらを振り返った。青嵐、心葉、葉太郎が並んで彼をにらみつける。

そうこうしているうちに、少し先にある交番勤務の警察官が駆けつけてきた。へなへなと座り込んだ平見を、警察官がすかさず捕まえる。

その瞬間、青嵐の背中から、ふと力が抜けた。ようやく張り扇を下ろし、素早く振り返る。

「大丈夫か、青葉」

わずかに掠(かす)れた声でそう問われた瞬間、進也は青嵐に飛びついた。

うお、と声をあげた青嵐はよろよろと後退する。そのまま支えきれず、進也もろとも尻もちをついた。

「うわっ、いって、あぶなっ」

青嵐が珍しく頓狂(とんきょう)な声をあげる。ウォーキングと筋トレを欠かさないだけあって、見た目よりもしっかりと筋肉のついた体はわずかに震えていた。

兄さんも、ほんまは怖かったんや。

それでも俺を助けてくれはった。

込み上げてきた熱い想いに突き動かされ、進也は青嵐にしがみついた。

すんません、兄さん、ありがとうございます、兄さん、好きです、迷惑かけてごめんなさい、好きです！

胸に渦巻くそれらの想いは、ひとつも言葉にならなかった。かわりに、わー！　と声をあげて泣いてしまう。

「ちょ、うるっさ、おま、アホ、泣くな」

青嵐は焦ったように言いながらも進也を引き離そうとはせず、何度も背中を摩ってくれた。

一頻り泣いた進也は、青嵐に付き添われて警察へ行った。そこで事情を聞かれている間に、連絡を受けた青右衛門と大庭が駆けつけてくれて、進也が退職することになった事情を説明してくれた。

なんだかんだで警察署を出たときには、日がとっぷりと暮れていた。

青嵐は結局、『ほうらい亭』の高座を休んだ。その分、青右衛門がいつもより長く読んだ。師匠も心葉姉さんも葉太郎兄さんも、めっちゃ心配してくれはった。ありがたい。

詳しいことはまだわからないが、平見は部下である杉谷のパワハラを放置していた責任を問われ、閑職にまわされたらしい。それをきっかけに、もともとうまくいっていなかった妻に出て行かれ、酒に溺れる生活を送るようになったそうだ。二週間ほど前、正式に離婚が成立して荒れたという。

そこで、平見は左遷の原因となったパワハラのことを思い出した。何をどう考えたのか、パワハラをした張本人の杉谷ではなく、パワハラを告発した進也に憎悪が向いたらしい。杉谷が海外の辺境の地へ飛ばされており、簡単に会いに行けなかったことも大きかったようだ。平見は探偵に依頼して進也の動向を調べあげ、講談師に弟子入りしていることを知った。

「俺は、手紙を送ってきたんは杉谷やと思てたんや」

青嵐は落ち着いた声で言った。

時刻は夜八時。場所は青嵐の部屋である。狭い部屋に二人きりだが、進也は青嵐からできるだけ離れて座っていた。

タクシーから降りた後、今更ながら一緒にいてもいいのかわからなくて、棒立ちになってしまった。

助けてくれはったし、警察にも一緒に行ってくれはったし、今も一緒に帰ってきてくれはった。やっぱり兄さんは優しい。

しかし、それは兄弟子として弟弟子を心配しての行動だ。青嵐は進也に恋愛感情を持っているわけではない。

一緒にいたいけど、これ以上一緒にいたら好きて言うてしまいそうや。

大泣きしたせいで、感情の箍がはずれてしまっている。

青葉、と呼ばれて、びく、と全身が強張った。

うちに来い。

　青嵐に強い声音でそう言われては、到底断れなかった。

「最初はただ講談をディスる内容やったんや。それが一昨日きた手紙に、初めておまえの名前が出てきた。おまえ個人を攻撃する内容で、さすがにまずいと思た。そんでまず心葉姉さんに相談したんや」

　淡々と説明する青嵐に、進也は首を傾げた。

「……前に俺をタクシーで帰してくれはったん、一人で帰したら何かあるかもしれんて心配してくれはったからですか？」

「まあな。おまえ個人の名前は出てんでも、手紙の内容からパワハラの関係者やろうて見当はついたから、師匠に報告して、大庭さんにも相談した」

　昨日、青右衛門が私と一緒に来なさいと言ってくれたのは、進也の様子を見るためだったのだろう。

「そういうたらちょっと前に、喫茶店の前で大庭先生にお会いしました」

「そうか。手紙のことで相談に乗ってもろたから、その帰りやったんやろ」

「俺には何も言うてくれはらんかった……」

「そら弁護士やからな。守秘義務っちゅうやつや」

「けど、困ったことがあったら何でも相談せえて言うてくれはりました」

大庭のおおらかな笑顔を思い出す。

先生も、見守ってくれてはったんやな。

「あ、ひょっとして一昨日、奥平さんが様子を見にきてくれはったんも……？」

「ああ。おまえが一人でうろうろしてへんか気になって、奥平さんに連絡とって様子を見てもろた。唐揚げ弁当、ちゃんと食うたか？」

「はい！　美味しかったです！」

どうやら『よしざわ弁当』の唐揚げ弁当を選んでくれたのは青嵐だったらしい。

そんなに心配してくれていたのだ。

嬉しい。凄く嬉しいけれど。

「……俺には、メッセージくれはったことないのに」

ぽつりと言うと、ああ？　と青嵐が不穏な声をあげた。しかもじろりとにらまれる。

進也はしゅんと肩を落とした。

すると青嵐がため息をつく。

「おまえとはアプリで連絡取り合う必要ないやろ。ほとんど毎日顔を合わせてるんやから」

「……ここんとこ、顔合わせてへんかったやないですか」

小声で反論すると、青嵐は黙り込んだ。

手紙の真相はわかった。

しかし、避けられていた理由はわからないままだ。

じっと見つめた先で、青嵐は再び大きなため息をついた。がしがしと頭をかく。

「嫉妬や」

「しっと？」

欠片も想像していなかった言葉を、進也は思わずくり返した。

「おまえには人を惹きつける華がある。最近体重が戻ってきて、顔も体もしっかりしてきて、声もよう出るようになった。きっと精神的にも回復してきたんやろう、もともと持ってた華が際立ってきた。そういうのは努力したところでどうにもならん。俺にはない華や」

「そんな、俺なんか全然……」

「いや、噺家の師匠にも、青葉は寄席にお客さんを呼べる素養がある言うてはる人が多い。生方さんもそうや。講談の世界の外にいてはる人は、中にいる人間より客観的に見てはるはずや。掛け値のない評価やと俺は思う」

いつも通りの素っ気ない口調だったが、端々に苦みが滲んでいた。

青嵐はもう一度ため息をついた。そして意を決したように、手許に落としていた視線を進也に向ける。

「あと、俺自身がおまえに気後れしたんや」

「え、なんでですか？」

「俺は、高校まではおまえみたいな陽キャの奴とは関わってこんかったからな。はじめの頃は、おまえが精神的に参ってたからあんまり気にならんかったけど、回復してきたら自分の陰キャっぷりを実感した」

自嘲する笑みを浮かべた青嵐に、進也は強く首を横に振った。

「そんなん、二十五にもなって関係ないですよ。それに俺はもともと陽キャやないです」

「甲子園に出て、部活を続けてたていうことは、チームメイトともうまいことやってたいうことやろ。コミュニケーション能力も高い。満世さんへの自然な接し方を見ても、恋愛経験があるんはわかった。それに比べて俺は誰とも付き合うたことないし、部活もやってへんかった」

青嵐さんの講談師としてのキャリアは青葉君よりずっと長いけど、彼、青葉君と同い年でしょう。

生方の言葉が思い出された。

中学や高校では似たタイプの人間でグループを作るのが常だ。青嵐とクラスメイトだったとしても、仲良くなっていない可能性が高い。

けどきっと俺は、城戸君は凄いなあて感心しながら、兄さんを遠くから見てたやろう。

「それは、兄さんが早いうちから講談に魅せられて、講談師になろうて決めてはったからでしょう。俺は将来のことなんか何も考えてへんかった」

うん、と青嵐は静かに頷いた。

「俺自身、今まで陽キャにコンプレックスを感じたことはなかった。他人は他人、自分て思てたしな。ていうか、そこまで他人に興味がなかった。けど、おまえに対しては違た」

「……同じ講談師になる、弟弟子やからですか？」

「それもあるけど、おまえが弟子入りする前から気になってたからな」

「え、そうなんや。俺、ストーカー並みの追っかけでしたもんね」

ははは、と笑うと、そうやない、と青嵐は真面目な顔で首を横に振った。

「おまえ、初めてほうらい亭に来たとき、俺の赤穂義士伝で号泣したやろ。あれ、俺にとっては衝撃やったんや。それまで俺の赤穂義士伝で客が泣いたことなかったから」

「えっ、マジですか」

「マジや。俺は軍談の修羅場読みがやりたくて講談師になったからな。正直、軍談以外は好きやなかったし、やりたなかった。その気持ちが高座にも出てたんやと思う。けど、おまえがあの日、号泣してくれて考えが変わった。こんなに人の心を動かせるんやて思たら、少しずつやる気が湧いてきたんや。やる気が出て、気ぃ入れて稽古したら評判も劇的に良うなった」

一旦言葉を切った青嵐は、まっすぐに進也を見つめた。

「俺の講談を聞いて少しずつ回復していくおまえを見てて、現実を忘れるためにも、現実を生きていくためにも、人には物語が必要なんやて実感した。それは俺自身が講談ていう芸に改めて真剣に向き合うきっかけになった。おまえにとったら、パワハラのせいで心が弱ってたから泣けただけかもしれんけど、俺にとっては大きい転機になったんや」

「パワハラは関係ないです！」

進也は思わず青嵐の言葉を遮った。

俺が兄さんの講談を変えるきっかけになれたんやったら、めっちゃ嬉しい。

しかし、パワハラをされていたから泣いたわけではない。

「兄さんの講談に、人の情があったから泣いたんです。お互いを当たり前に思いやる気持ちが伝わってきたからこそ感動した。兄さんはやっぱり凄いです！」

嘘偽りのない本心をそのまま告げると、青嵐は目を見開いた。が、すぐに頬を歪めるようにして笑う。

「おまえのそういうとこが、なんか変な感じにさせられるんや」

「変な感じ？　何ですか、それ」

青嵐は一度口を噤み、じっと進也を見つめた。不機嫌そうではないが、笑みもない。なんとも言えない、困ったような、どこか途方に暮れたような表情だ。

不安になって見つめ返すと、青嵐は視線をそらした。そしてまたため息を落とす。

「守ってやりたい思うし、面倒見てやりたいと思う。甘やかしてやりたい。あと、まあ、ちょっと、カワイイと思う」

「えっ、カワイイですか？」

進也は咄嗟に食いついた。カワイイなんて青嵐の口から一度も聞いたことがない。それだけにインパクトが強い。

進也が引いたと思ったのか、青嵐は眉を寄せた。

「気色悪いこと言うて悪かったな」

「や、全然、気色悪いことないです！」

「俺が言うたカワイイは、弟弟子としてとちゃうぞ。わかってんのか」

「はい。それってちょっとは俺自身のこと、好きでいてくれはるってことですよね」

「……嫌やないんか」

「嫌やないです。嬉しいです！」

力いっぱい答えてから、ハッとする。

うわ、こんな言い方したら、俺が兄さんを好きやて言うてるみたいやないか。

恐る恐る青嵐を見遣ると、青嵐は呆気にとられたように目を丸くしていた。初めて見る表情にきゅんとする。青嵐が自分と同い年なのだとふいに実感した。

あ、けど、兄さんが俺のことちょっとは好きなんやったら、俺も兄さんが好きて言うてもえんとちゃうか？

告白するなら今しかない。

「兄さん！」

「な、なんや」

「好き、です」

思い切って言ったつもりが、わずかに声が震えてしまった。

青嵐は何度か瞬きをする。かと思うとじろりとにらんできた。

「それは、兄弟子としてとか、講談師としてやろ」

「違います、れ、恋愛の意味で、です」

「嘘つけ」

「嘘やないです」

「おまえみたいなオトコマエで陽キャな奴が、俺みたいのを好きになるわけない」

「またそれですか。もう学生やないんや、陽キャとか陰キャとか、そんなん関係ないですから」

「いや、ありえん。俺は信じひん」

「なんでですか、信じてください！」

「いやいやいや、ありえんから」

青嵐はこちらに向かって右の腕を突き出し、激しく手を振る。

「もー、信じてくださいて！」

業を煮やした進也は、伸ばされていた青嵐の腕をつかまえた。そのままぐいと引き寄せ、
そっと唇を合わせる。

すぐに離すと、目の前にある鋭く整った面立ち(おもだ)には驚愕(きょうがく)の表情が浮かんでいた。じんと胸が熱くなる。

あ、カワイイ。

けど、やっぱりカッコエエ。

「嫌でしたか……？」

「嫌や、ないけど……」

「けど、なんですか」

「いや、俺、初キス……」

「えっ、マジっすか！　すんません！」

予想外の答えに、思わず謝る。

すると、く、と青嵐は喉(のど)を鳴らした。かと思うと進也から顔をそらし、ははは！　と笑い出す。

「ちょ、なんで笑うんですか！」

「いや、何でもない」

笑いながら答えた青嵐は、進也がつかんだままだった腕を強く引いた。わ、と声をあげて青嵐の腕の中に倒れ込んだ次の瞬間、きつく抱きしめられる。たちまち全身が痺(しび)れるような熱を帯びた。

兄さんの心臓の音がめっちゃ伝わってくる……。

きっと進也の激しく鳴る心音も伝わっているはずだ。

嬉しくてたまらなくて、それなのになぜかひどく切なくて、ひきしまった体に腕をまわす。

抱きしめてくれている力と同じくらいの強さで抱きしめ返すと、骨ばった手でぎこちなく頭を撫でられた。

「進也」

いつもの雑味のある低い声だったが、そこに込められた熱のせいで、ひどく甘く聞こえる。

敢えて本名を呼ばれたのだとわかった。

「好きや」

掠れた声に耳をくすぐられ、息をのむ。

ああ、ちゃんと言葉にしてくれはった。

やっぱり兄さんは優しい。

ツンと目の奥が痛んだかと思うと、視界が滲んだ。またしても涙が出てくる。

うう、とうなった声が聞こえたのだろう、青嵐はわずかに上半身を離した。

「また泣いてんのか」

「やって、に、兄さんが……」

しゃくりあげると、青嵐は両手で進也の頬を包み込んだ。硬い親指があふれる涙を拭(ぬぐ)ってくれる。

きっと顔中がぐしゃぐしゃになって見られたものではないだろう。しかし温かな掌の感触がひどく心地好くて、逃げようとは思わなかった。

「俺、おまえの泣き顔ばっかり見てる気ぃするわ。初対面のときから号泣やったし」

「うぅ、そんな、何回もは、泣いてません……」

「そうか？　今日二回目やから、そう思うんか」

青嵐が濡れた目許にキスをしてくれた。鼻先や唇にもキスをしてくれる。

兄さん、キス初めてやったのにめっちゃカッコエエ……。

胸の奥が痺れるように熱くなった。下半身もつられて熱くなってしまう。

え、ちょっ、マジで？

現金すぎんか、俺。

二年前にパワーハラスメントを受けてからというもの、性欲をほとんど感じなかった。青右衛門に弟子入りしてからも、処理をしたのは一度か二度くらいだ。

それなのに今、両想いになれた高揚からか、青嵐に触れられている興奮からか、当たり前のように体が反応してしまう。

兄さんに気付かれたら絶対引かれる。

もぞもぞ動くと、青嵐も居心地が悪そうに身じろぎした。

あ、もしかして兄さんも？

自分に触って欲情してくれたと思うと、ますます体が熱くなる。

「兄さん……」

「ん……？」

「触っても、いいですか……？」

「ああ……？」

「触らして、ください……」

囁いて、青嵐のパンツに指を伸ばす。

青嵐は慌てて進也の顔から手を離し、その場所を守るように腰を引いた。

「ちょ、待て」

「兄さんも、俺の、触っていいですから……」

「え、や、それは……」

青嵐が狼狽えたのをいいことに、進也は震える指で前を暴（あば）いた。過去に付き合っていた女性と経験はあるが、同性との経験は皆無だ。

青嵐への恋心を自覚したのはほんの二日前だから、当然知識もほとんどない。うまくできるかどうかわからない。

それでもとにかく触りたいという欲に突き動かされ、恐る恐る直接触れる。既に緩（ゆる）く反応していた青嵐の劣情の感触に、カッと体の芯が痺れるように熱くなった。

「気持ち、いいですか……?」

尋ねた声が掠れる。

返事はなかった。かわりに低くうなった青嵐は、触れられたことで何かが吹っ切れたのか、進也の着物の割れた裾から大胆に手を入れてくる。

下着越しに触れられただけで、びりびりと電流が流れたような錯覚に陥った。あまりに強い快感に、うめき声が漏れる。

「うぅ、兄さ……!」

負けじと手の中の性器を摩ると、青嵐もうめいた。熱い吐息が耳を掠める。

「進也……!」

情欲の滲んだ声が鼓膜を震わせ、体の芯にまで響いた。全身が情欲で燃え上がる。

うわ、凄い、色っぽい、やばい。

かつてないほど興奮した進也は、夢中で手を動かした。

青嵐も積極的に愛撫してくる。キスが初めてということは、性的な経験もないはずだ。しかしその長い指がくれる快感は、この上なく強烈で甘い。

「は、あっ……」

我慢できずに感じたままの声をあげると、ふいに口づけられた。開いていた唇に、濡れた舌

が強引に入ってくる。

性器をぎこちなく、しかし休むことなく愛撫されながら、技巧も何もなくただ欲をぶつけるように口内を探られ、かつてないほど高ぶった。

こんな気持ちええの、初めてや。

進也も舌を動かして、深い口づけに応えた。互いの唾液が混じり合い、淫らな水音があふれる。ディープなキスは初めてではないが、こんなにいやらしくて生々しいものだなんて知らなかった。

兄さんとやからや。兄さんのキスやから、こんなに感じる。

「ん、んう、は、もう、んん」

息を継ぐ合間に限界を訴えると、先端を指で刺激された。その拍子に、進也も青嵐を強く握ってしまう。

刹那、進也は青嵐と同時に欲を吐き出した。

青嵐の荒い息遣いが耳の奥にまで浸透してきて、ぞくぞくと背筋が震える。

あかん、嬉しすぎて、気持ちよすぎる……。

「されば、遠三への使者の早馬はあたかも櫛の歯をひく如く、ここに於いて浜松ご城中にては、神君諸士を集めて軍議評定に及ばれました」

パン！　と進也は軽く張り扇を打った。

「この時、坂井、石川、大久保ら進みいで、言葉をそろえ、畏れながら、主君、ご出馬の儀はおとどまりあらせられ、尾州の織田家へご加勢をお頼みにあいなり、その上にてご籠城しかるべく存じ奉ると言上しました」

よし、いける！

思い出そうとするまでもなく、口が自然に動く。体が勝手に張り扇と小拍子を打つ。体内から言葉と動作が湧き上がってくる感じだ。

冷房はきいているが、話が進むにつれて額に汗が滲む。

場所は市民ホールの小ホールに設けられた高座である。客席にいるのは上方の講談師の青嵐、青吉、葉太郎、そして東京の講談師の満乃介、満世、夏紋だ。こちらをじっと見つめる彼らはまだ洋服を着ている。他にも照明と音響を担当してくれるスタッフの姿もある。

勉強会、『東西講談　怪談』当日。会場の準備は整ったものの、開演まで時間があった。良い機会だから舞台に上がって『三方ヶ原軍記』を読んでみろと青嵐に言われたのだ。

場面に合わせて抑揚をつけ、リズムに乗り、腹から声を出す。己の声がホールに響くのが、たまらなく心地好い。

こういう言い方したらあかんのかもしれんけど、楽しい。

読み終わって深々と頭を下げると、パチパチパチと手を打つ音が聞こえてきた。

おお、拍手もらえた……！

「声がよく出てたなあ。青葉君、鋭い声も出せるけど、まろみもあるいい声だね」

満乃介の言葉に、夏紋が頷く。

「ほんと。若い声でボリュームを上げられるとキンキンして耳につくことが多いんだけど、迫力があるのに耳ざわりがいい」

手拭いで額に滲んだ汗を拭い、ありがとうございますと進也は礼を言った。

満世と青吉、葉太郎はニコニコしているが、青嵐の鋭く整った面立ちに笑みはない。目が合うと、青嵐はやはり仏頂面で軽く頷いた。

「まあ、絶句せんと読めたんはよかったな」

素っ気なく言われて、ありがとうございますと青嵐にも礼を言う。とはいえ、今のところは、と言外に付け足されたのがわかった。

今は絶句せず読めればいい。

しかし、これからはそうはいかない。

講談師は間違えず、忘れずに読めて当たり前なのだ。華のあるなしは関係ない。芸歴も関係ない。どんな講談師でも、当たり前以上の、心を揺さぶる読み物をしなくてはいけない。

わずかな恐れと、途方もない頂に挑む高揚と興奮を感じつつ、進也は高座を下りた。

とりあえず三方ヶ原軍記が読めるようになったから、兄さんに認めてもらえる一人前の講談師に、ほんのちょっとは近付けたはずや。

がんばろう。千里の道も一歩から、だ。

「勉強さしてもらってありがとうございました！　受付の準備してきます！」

改めて一同に勢いよく頭を下げ、ホールを飛び出す。

今日の勉強会のチケットは、満乃介と夏紋の出演が大きく影響したのだろう、あっという間に完売した。今は見習いとして、会が成功するように全力を尽くすのみだ。

市民ホールの出入り口で受付の準備をしていると、外から視線を感じた。ガラスの向こうから、二十歳くらいの女性二人が顔を寄せ合ってこちらを覗いている。

まだかな。やっぱりちょっと早かったかも。いいじゃん、ここで待ってよう！

開演まで約一時間半。一時間前に開場する予定だが、かなり早めに来たらしい。

今日は猛暑日である。昼間の気温は三十五度を超え、日が西に傾き始めても一向に涼しくならない。ホールの中は冷房がきいていて涼しいが、外は地獄のように暑いはずだ。しかし彼女らは全く気にしていないらしい。

たぶん、満乃介さんのファンやな。

標準語を話しているということは、きっと関東からわざわざやってきたのだろう。嬉しくなって、笑みを浮かべて会釈する。

二人はなぜか目を真ん丸に見開いた。かと思うと、キャー！　と高い声をあげ、ぴょんぴょんとその場で飛び跳ねる。

え、何、こわ。

若干引いていると、横から頭を小突かれた。

「おい、無闇に愛想を振りまくな」

振り向いた先に立っていたのは、涼しげな平絽の着物を身に着けた青嵐だった。着替えてきたらしい。

うおお、めちゃめちゃカッコイイ……！

思わず見惚れると、また頭を小突かれた。

「ぼうっとすんな。準備できたんか？」

「あ、はい。できました！」

大きく頷いた進也を見た後、青嵐はちらとホールの外に目をやった。

いつのまにか飛ぶのをやめてこちらを凝視していた女の子二人は、大袈裟なほど肩を揺らす。

引きつった笑みを浮かべてペコリと会釈をした後、ゆっくりと進也に視線を移した。

反射的に笑顔を作ると、キャー！　とまたしても黄色い声があがる。

するると、なぜか青嵐にじろりとにらまれた。

「おまえ……」

「え、何ですか？」

「自分がまああ高身長のイケメンやていう自覚をちゃんと持て」

進也は今日も着物を着ている。上布の着物と帯は青右衛門に譲ってもらった一張羅だ。草履と足袋だけは自分で新調した。

「えー、兄さんのが背ぇ高いし、俺よりずっとカッコエやないですか」

「確かに俺のがおまえより背ぇは高いけど、別にカッコようない」

「そんな、兄さんはめちゃめちゃカッコイイです！」

「うるっさ。でかい声を出すな」

顔をしかめて手を振った青嵐だったが、耳の縁がわずかに赤い。

あ、照れてはる。

嬉しくてかわいくてにやにやしてしまう。

青嵐と両想いになって三ヵ月ほどが経った。勉強会の準備をしながら青右衛門についてまわり、稽古に励む毎日だ。『三方ヶ原軍記』を覚えたので、今は別の講談を教えてもらっている。

もちろん青嵐とは、ちゃんと恋人同士の時間も確保している。

ていうか、俺が無理矢理作ってるんやけど。

夜に青嵐の部屋に押しかけて一緒にすごすのだ。何でもない話をしながら青嵐が作ってくれたスイーツを食べるときもあるし、真面目に講談の話をするときもある。

そしてキスをしたり、お互いの体を触ったりすることもある。経験がないはずの青嵐にリードされることが多いのは、進也が彼のカッコよさと色気、そして大好きな人と触れ合えている幸福と興奮に陶然としてしまうせいだ。

青嵐と触れ合って、挿入しなくても充分気持ちよくなれること、身も心も大いに満たされることを知った。

とはいえこの先、もし挿入したいと言われたら、躊躇せずにＯＫすると思う。実はそのための準備も着々と進めている。

ぶっちゃけ、兄さんと裸でいちゃいちゃできたら何でもええ。

青嵐となら、挿入されようが挿入しようが、挿入そのものがなかろうが、幸せだ。

ともあれ、青嵐が稽古をするときや講談の文献を読もうとしているときはおとなしく帰る。講談師の修業に必要な時間は邪魔したくない。

そのときは進也も稽古をする。講談師として生きていこうという決意は、今も微塵も揺らいでいない。むしろ講談に打ち込んでいる青嵐の傍にいることで、強くなった気がする。

「ちょっと早いけど、もう準備できてるし開けるか」

青嵐が壁の時計を見上げて言う。

「はい、外かなり暑そうですもんね。早よ中に入って涼んでもらいましょう」

進也はニコニコ笑った。青嵐が外で待っている女性客を気遣っているのがわかったからだ。全席指定だから、早めに開けても文句が出ることはないだろう。

青嵐はしかめっ面になった。

「熱中症にでもなられたら、会どころやないやろ」

「そうですね」

「にやにやすんな」

肩を叩かれたが少しも痛くない。

進也はやはりニコニコしながら表の鍵を開けた。早速女の子たちが入ってくる。

「あー、めっちゃ涼しい！」

「ほんとだー、生き返るー」

タオルハンカチで汗を拭いつつ口々に言った二人に、こんにちは、と声をかける。

「ようこそ、いらっしゃいませ」

女性二人はパッと顔を輝かせた。

「あの、大阪の講談師さんですか？」

「いえ、まだ見習いです。今日は勉強会の準備を手伝ってます」

「そうなんだ！　名前は？」

「伝井青葉です」

「青葉君かー、いい名前！　何歳？」

「二十五歳です」

「そうなんだ！　いつ前座（ぜんざ）に上がれるの？」

「まだわかりません。高座に上がれることになったらホームページに載りますから、チェックしてもらえると嬉しいです」

「わかった、チェックする！」

次から次へと質問され、戸惑いつつも笑顔で答えていると、中肉中背の男が入ってきた。生方（うぶかた）だ。顔を合わせるのは、以前缶コーヒーを奢（おご）ってもらったとき以来である。女性越しに軽く頭を下げると、生方も会釈を返してくれた。そのまま青嵐に歩み寄る。

生方が方々で勉強会の話をしてくれたおかげだろう、いくつかのメディアが事前に取材に来てくれた。今日、会の後にも雑誌の取材が入っている。

がんばってね！　と手を振る女性たちを見送った後、青嵐と生方に歩み寄った。

「生方さん、こんにちは。早（は）よう来てくれはったんですね」

「どんな様子か気になってね」

にこやかに応じてくれた生方だったが、まるで初対面であるかのようにまじまじと進也を見つめた。

「なんですか？」

「いや、ちょっとびっくりして。青葉君、やばいね」

「え、やばいって何がですか？」

「いやいや、へえ、なるほど、そうか、うん」

意味のない言葉を連発した生方は、なぜか青嵐に視線を移した。何ですか？　という風に首を傾げた青嵐に微笑んでみせて、もう一度進也に向き直る。

「青葉君、今日は高座に上がらないの？」

「あ、はい。俺はまだ三方ヶ原しか読めへん見習いですから」

「そうか、残念。でも三方ヶ原はちゃんと読めるようになったんだね。高座に上がるときは教えてくれると嬉しい」

「はい。そのときはよろしくお願いします」

ペコリと頭を下げる。

生方は満足げに頷いた。

「じゃあ青嵐君、今日の勉強会楽しみにしてます。がんばってください」

小ホールへと歩いていく生方を、青嵐と並んで見送る。

「兄さん」

「うん」

「俺、やばいですか」

「まあ、やばいな」

「えっ、どこがですか？」

青嵐に向き直ると、兄弟子であり、恋人でもある男は横目でこちらを見下ろしてきた。

うわ、めちゃめちゃカッコイイ。

三白眼の流し目が痺れるほど色っぽくて、赤面した挙句にもじもじしてしまう。

驚いたように瞬きをした青嵐は、苦虫を嚙み潰したような渋い顔になった。

「そういうとこがやばい」

「そういうとこて」

「そういうとこや」

言うなり、青嵐はスタスタと歩き出した。

慌てて後を追いかける。

「兄さん、待ってください。そういうとこてどういうとこですか」

「アホ、なんでついて来てんねん。ちゃんと受付やってこい」

「あ、すんません！　あの、でも」

「俺はやばいおまえも嫌いやないから安心せえ。ていうかむしろ好きや」

振り返らずに言われて、え、と進也は声をあげた。思わず立ち止まってしまう。

一方の青嵐は立ち止まらなかった。それどころか、歩調を緩めずにどんどん歩いて行く。

「ほ、ほんまですか、兄さん！　ほんまに好きですか！」

遠ざかる背中に尋ねると、青嵐はようやく足を止めた。しかし半身を少しこちらに向けただけなので表情は見えない。

「うるっさ。俺がそんなことで嘘つくわけないやろが。てかおまえ、いつまでついて来てんのや。さっさと受付に行け」

しっしっと邪険に追い払う仕種をされたが、はい！　と進也は元気よく返事をした。よく見ると、青嵐の耳の縁が赤いのがわかったからだ。にやつく頬をどうにか引きしめ、踵を返す。

何がやばいかわからんけど、兄さんが好きて言うてくれはるんやったら、やばくてもええ！

初恋の人

舞台の下手に立った伝井青嵐こと城戸徹平は、高座を見つめた。

そこで講談を読んでいるのは、弟弟子であり恋人でもある伝井青葉――日比野進也である。弟子入りした直後から日常でも着物を身に着けていただけあって、所作はごく自然だ。なかなか激しく動いているが、襟元も乱れていない。

きれいに整った横顔には汗が滲んでいた。今年の大阪は、まだ四月のはじめだというのに随分と暖かい。しかしもちろん汗をかくほどではない。

進也が汗をかいているのは、講談を読み始めてしばらく経ったせいだ。

客席を見つめる眼差しは真剣そのものである。

「佐野山、おるかな？　いきなり横綱が入ってきたもんですから、佐野山はびっくり仰天。こ、こ、これは横綱、な、なんでこんなとこに……」

角のない丸い声が客席に届く。

どっしりとした貫禄のある横綱と、力士としては貧相な体つきの生真面目な男が、自然と脳裏に浮かんだ。

進也が読んでいるのは講談『寛政力士伝』のうちのひとつ、『谷風　情け相撲』である。

人品に優れ、人情家として知られる大横綱、谷風。病の父親を支えつつ土俵に上がっている十両のどん尻にいる力士、佐野山。親孝行で有名だが、赤貧洗うが如し、を地でいく佐野山を、谷風は何くれとなく気にかけてやっていた。

ある日、佐野山がとうとう幕下に落ちそうだと聞いた谷風。幕下に落ちれば給料が激減し、父の薬代も払えなくなってしまう。そんな窮状を救うため、谷風は佐野山と相撲をとることにした。勝てば多額の賞金がもらえる勝負だ。横綱と十両力士、本来なら絶対に対戦することはない取り組みは、江戸っ子の注目の的になる。

巧いとは言えんけど、不思議と続きが聞きたなるな。

谷風と佐野山、二人のやりとりがおかしくも温かい。

実際、客席を半分ほど埋めた客たちは、進也の口演に集中している。よそ見をしている者は一人もおらず、皆高座に釘付けだ。

パン！　と進也は張り扇を叩いた。

「はっけよい！　と軍配が返ります。佐野山権兵衛、谷風梶之助の胸板めがけ、ドーン！　とばかりにつっこんだ！　……と言いたいところですが、なにしろ昨日、負ける技を贔屓の客に教えられていますから、ぶつかると見せかけて、ころっとひっくり返ろうとした！　さあ、驚いたのが谷風梶之助。佐野山！　と危ないからって抱きかかえてしまった！」

谷風には到底勝てっこないとわかっている佐野山は、自ら負けようとする。しかし谷風に助けられてしまった。その描写に、客席から笑いが漏れた。

上手下手は関係ない。伝井青葉の講談には、人を引きつけるものがある。

こういうタイプの講談師を、徹平は進也の他に知らない。

伝井青右衛門に弟子入りして一年と三ヵ月。地道にこつこつと努力した進也は、ゆっくりとだが、確実に上達していった。そして異例の速さで見習いから前座へ昇進した。

文句を言う講談師は一人もいなかった。なにしろ大阪で新しい前座が誕生するのは三年ぶりだったのだ。進也が前座に上がるまで、大阪の講談師は二十八人しかいなかった。二百人以上いる東京の講談師の約六分の一である。しかも全員二つ目以上で、前座は一人もいなかったのだ。大阪ではただでさえ漫才や落語に比べて圧倒的にマイナーなのに、人数まで少ないとなれば裾野を広げようがない。

新しい風を入れたかった講談界の意向も働き、進也は望まれ、期待されて前座に上がった。もっとも、進也本人は、俺にはまだ無理です！　早すぎます！　と青くなっていた。

進也を諭したのは青右衛門だ。徹平はその場にいなかったので、師匠が進也にどんな言葉をかけたか知らない。ただ、青右衛門と話していたときにたまたま進也の話題が出て、青葉はお客さんに育ててもろた方が伸びると言っていた。

そうして前座となって約半年。青右衛門が言った通り、客の前で講談を読むようになってから、進也は随分と成長した。

さすが師匠。見抜いてはった。

「後になって谷風はこのことを、わしは誰にも負けんつもりじゃったがなあ、佐野山にだけは負けました、と話しました。あれは、佐野山の技がわしに勝ったのではない。佐野山の親孝行、その心根がわしに勝ったのじゃ、実にたいしたものじゃ、と会う人ごとに物語り……」

言葉をリズムよく、次々に並べる修羅場とは違う。なんでもない平場の語りである。

ともすれば退屈に感じる場面だが、客たちは高座から目を離さない。孝行という幾分か古いテーマの講談なのに飽きていないのだ。

「これもまた孝行の徳というものでございましょうか。孝行に勝るものなし。これが寛政力士伝より、谷風情け相撲の一席でございました」

進也が頭を下げると、拍手が沸き起こった。青葉くーん！　という黄色い声もいくつか聞こえてくる。今日も若い女性客が何人か来ていた。

進也が高座を下りると、事務員の福地がなびらをめくった。少し間を置いて、上手から姉弟子の伝井心葉が出てくる。いつもにも増して気合いの入った表情だ。

拍手が鳴ったが、まだ進也の講談の余韻が残っているせいか、客たちはどこか上の空である。

姉さんやったら、この空気をひっくり返せる。

昨日会ったとき、まだまだ青葉には負けへんで！　と鼻息を荒くしていた。

一方、袖に戻ってきた進也は徹平の姿を認めて、一瞬で輝くような笑顔になった。

進也には言っていないが、顔を見せただけでこんな風に嬉しそうにされた経験がないので、毎回ぐっとくる。

「兄さん、お疲れさんです。見てくれてはったんですね」

ああと頷いて差し出した手拭いを、進也はありがとうございますとやはり嬉しそうに受け取った。

二人そろって楽屋へと向かう。徹平が待っていたせいか、進也の歩調は弾むようだ。

「今日、花果実亭の夜席に出はるんですよね。わざわざ寄ってくれはったんですか?」

進也の言う通り、今日は『ほうらい亭』に徹平——伝井青嵐の出番はない。午前中に営業に出たその足で『ほうらい亭』に寄ったのだ。

「そうやけど、おまえ、自分も忙しいなってきたのに、まだ俺のスケジュール把握してんのか」

「するに決まってるでしょ。俺が兄さんのファンなんは変わらへんのやから」

進也は手拭いで汗を拭いつつ、当然のように言う。

まっすぐに見上げてくるくりっとしたこげ茶色の瞳は、小動物を思わせる愛らしさだ。

初対面のとき、痩せこけていた体にはしっかりと肉がついた。徹平より背は低いが、バランスのとれた引き締まった体つきである。老若男女問わず男前だと評するだろう顔立ちに、アイドル系の愛らしさはないものの、正統派の二枚目だ。

にもかかわらず、かわいいと思ってしまう。

これが恋の力というやつか……。

講談師になる前も、なった後も、誰かを好きになったことはなかった。当然、恋人はいなかった。四つ年下の弟は幼い頃から恋愛が生活の中心にあるタイプで、彼が考えていることは理解不能だった。もっとも、弟の方も徹平のことは理解不能だったようだ。正反対だったのがほどよい距離感を生んだのか、兄弟仲は良くもないが悪くもない。

そもそも徹平は恋愛以前に、人付き合いが好きではなかった。そんな暇があったら、講談のひとつでも覚えたいと思っていた。

しかし、兄さん兄さんとカルガモの雛のように後をついてまわる進也のことは、最初から鬱陶しいとは思わなかった。パワハラのせいで心が弱っていたのを知っていたから、同情した面もある。が、どんなに同情したとしても、恋愛感情が欠片もなかったらかわいいとは思わなかっただろう。

徹平にとっては正真正銘、進也が初恋の人で、初めての恋人である。

だから知らなかったのだ。恋がこんなに理不尽で暴力的で、なおかつ甘美で、ときに信じられないほどのパワーを生み出すものだと。

「今日の高座、どうでしたか?」

笑みを消して硬い表情になった進也を、ちらと見下ろす。

「おもしろかった」

「ほんまですか……?」

「ああ。高座に上がってたら、お客さんの反応がええてわかるやろ」

「ほとんどのお客さんは熱心に聞いてくれてはったと思います。俺みたいな未熟な前座をあったかく迎えてくれはって、ほんまにありがたいです。けど俺は、兄さんがどう思わはったか知りたい」

進也はやはり真剣な口調で言う。徹平が講談師としてどう思ったか知りたいらしい。

伝井青葉目当ての客が入るようになっても浮かれない。

もっとはしゃぐかと思っていたので、少し意外だ。

「おもしろかったんはほんまや。先が聞きたなった」

「あ、ありがとうございます！」

「ただ、力が入ると滑舌が悪うなる。稽古のときはちゃんとできてるから、お客さんの前に出ると感情が乗ってそうなるんやろうけど、台詞に入りすぎるな。何を言うてるかわからんようでは本末転倒や」

長屋の壁は薄い。隣の部屋に住んでいるため、稽古する声は全て聞こえてくる。

夜中やろうが早朝やろうが、俺に遠慮せんと稽古したいときに稽古しろと言ったので、進也は空いた時間にせっせと稽古しているのだ。

「感情を入れるんはええ。むしろ入れんとあかん。けど、引きずられるな」

「……はい、気を付けます」

難しいことを言った自覚はあったが、進也は神妙に頷いた。

アドバイスを素直に聞けるところは、進也が伸びている要因のうちのひとつだろう。

俺はけっこう反発したからな……。

特に十代の頃、青右衛門の教えやアドバイスは真摯に聞いたものの、兄弟子や姉弟子の助言は、余計なお世話や、知るか、と放置したこともあった。納得がいかない意見には、真っ向から言い返したこともある。

一応最低限の礼儀は守っていたせいか、青右衛門は何も言わなかった。が、心の内では困った弟子だと思っていただろう。

そんな風に何かにつけて独善的だったからこそ、自分が読んだ講談で号泣する進也を見るまで、頑なに己のスタイルを変えられなかった。口に出したことはないが、進也の素直なところは見習うべきだと思っている。

楽屋へ入ると、お疲れさん、と明るい声がかかった。

椅子に座ってスマホを弄っていたのは、妹弟子の青吉だ。進也の後から入ってきた徹平を認めて、お疲れさんですと慌てて頭を下げる。

「兄さん、今日出番ありましたっけ?」

「いや。ちょっと寄っただけや」

「あー、青葉の高座を見に来はったんですね」

いひひ、と青吉は妙な笑い方をした。一年で前座に上がった弟弟子が心配でたまらない過保護な兄弟子、と思われているようだ。

一方の進也は嬉しそうに笑った。目許に笑い皺ができ、白い歯が覗く。整った面立ちが、より魅力的になる。

「兄さんに見てもらえて、ほんまにありがたいです」

まぶし！　という風に目を細めた青吉は、お、おう、と頷いた。からかったつもりが、なぜか彼女の方が照れている。

進也、天然な上に人たらしやからな……。

そうした魅力は徹平が進也に惹きつけられた理由のひとつであり、講談にも表れている。

徹平の講談を聞いて進也が号泣したときのことは、一生忘れないだろう。こんなにも人の心を動かす講談が自分にもできるのだという、感慨と感動を覚えた。

しかし、まさか恋人になるとは思わなかったが。


「兄さん、兄さん、見てください！　再生回数めっちゃ伸びてますよ！」

卓袱台の上に置いた自分のノートパソコンに齧りついていた進也が、激しく手招きした。

キッチンで紅茶を淹れていた徹平は眉を寄せた。

「うるっさ。そんな大声出さんでも聞こえてる」

「あ、すんません。けど、ほんまにおまえはうるさいな」

「わかったわかった。ほんまに凄いんです。ほら、見てください。ほら！」

進也と一緒に『ほうらい亭』を出た後、落語の定席である『花果実亭』へ行き、高座に上がった。舞台の裾から高座を熱心に見つめる進也を意識しつつ講談を読んだ後、二人一緒に定食屋で夕飯を食べ、長屋へ帰ってきた。

もっと兄さんと一緒におりたいです、まだ九時やし、兄さんちへ行ってもいいですよね。ね、ね！　と進也に押されて、部屋へ入れることになった。

まあ、俺もまだ一緒にいたかったからええんやけど。

つか、俺が誰かに対してこんな風に思うなんてな……。

ため息をついた徹平は、卓袱台にトレーを置いた。

淹れたばかりの紅茶と、昨日作っておいたカップケーキに、進也が目を輝かせる。

「わー、美味しそう！　チョコチップ入りもある！　俺、兄さんのカップケーキ大好きです！」

「うるっさ。黙って食え」

「はい！　いただきます！」

きちんと両手を合わせた進也は、早速カップケーキを手にとった。

進也の隣に腰を下ろし、自分用に淹れた紅茶を手にパソコンの画面を見る。

進也が見ていたのは、徹平の口演の動画だった。去年、東京の講談師たちと一緒に開いた勉強会『東西講談　怪談』の様子を撮影したものだ。演目は『番町皿屋敷』。確かに再生回数が増えている。

進也は前座に上がってから、青右衛門の許可を得て動画チャンネルを開設した。大阪の講談をもっと広めるためにどうすればいいか、見習いの頃から考えていたらしい。そのうちのひとつが、動画で不特定多数の人にアピールすることだった。

青右衛門をはじめとする真打ち級の口演だけでなく、二つ目の口演を撮影した動画や、初心者向けの講談の解説動画の他、講談師同士でどんな日常を送っているかを話す動画を上げている。まだ登録者はそれほど多くないが、ゆっくりと増えているようだ。徹平も進也にせがまれ、動画への出演や企画の発案をしている。

受け継がれてきた講談を、ひとつでも多く覚えて高座で披露する。そして誰も読まなくなった講談を掘り起こし、後世に伝えていく。それこそが講談という芸能を絶やさないために必要なことだと思ってきた。

昨年末から二週間に一度東京へ通い、人間国宝の榊原満太夫に『宗悦殺し』の稽古をつけてもらっているのも、自分が読みたいのはもちろんだが、講談の未来のためでもある。青右衛門に満太夫への橋渡しをしてほしいと頭を下げて頼み込んだとき、師匠はたっぷり三十秒ほど沈黙した。――まあ、おまえらしいっちゃおまえらしいか。あきれ半分、感心半分の口調だったが、講談への思いは認めてくれているのを感じた。

一方の進也は二十代の半ばで初めて講談に触れ、その魅力にたちまち嵌った。自身の経験から、とにかく大勢の人に知ってもらうことが大事だと考えているようだ。

最初はその違いに驚いたが、進也の考えも一理あると思えた。伝統を繋いでいくことは、もちろん大事だ。しかし講談はあくまでも演芸である。人々に支持され、愛される必要がある。伝統と時代に合わせた新しさは両輪でなくてはいけない。

「うまっ。めっちゃ美味しいです。紅茶も美味しい。カップケーキに合いますよね」

進也はにこにこ笑ってカップケーキを頬張る。もともと自分のカロリー摂取のために菓子を作っていたが、今は進也に食べさせるのが主な目的だ。

豪快な食べっぷりに満足しつつ、徹平は紅茶を飲んだ。見るとはなしに見遣った画面の中に、東京の講談師、榊原満乃介のコメントを見つける。

「再生回数が伸びてるんは、満乃介君のコメントがあるからやろ」

「あ、ほんまや。おお、東京の番組で勉強会のことをしゃべってくれはったんですね。これがきっかけで、兄さんの講談のおもしろさが広まったらええなあ」

「いや、おもしろさより、俺のコワモテに関するコメントのが多いみたいやけど」

――番町皿屋敷も怖いけど、この講談師の顔も怖い。典型的なヒール顔じゃね？　刑事ドラマに知能犯役で出てきそう。三白眼こわっ。

コメント欄にはそんな言葉が並んでいる。

「え、なんやこれ。兄さんヒール顔ちゃうし！　めちゃめちゃカッコエエしイケメンやのに！」

「前にも言うたけど、俺はイケメンやない。おまえの目には変なバイアスがかかってる」

「かかってません！　兄さんはほんまにカッコエエです！」

真剣な顔でにらまれて、つい笑ってしまう。

徹平を「カッコエエ」と評したのは進也が初めてだ。他の人に言われたら、からかわれていると思っただろう。事実、進也がそう言っているのを最初に聞いたとき、彼がまだ一ファンだったせいもあり、お世辞だと思った。

「なんで笑うんですか」

進也の眉間(みけん)に寄った皺を、徹平は人指し指で押した。

「もー、何するんですか、やめてください」

「カッコエエのはおまえやろ」

徹平の言葉に、進也は一瞬で眉間の皺を消した。

「それって兄さんは俺のこと、カッコエエて思ってるてことですよね？」

「客観的に見た評価を言うたまでや」

「客観的な評価なんかどうでもええです。俺にとったら兄さんの主観が一番大事や。俺、カッコイイですか？」

進也はぴたりとくっついてきた。その上、キラキラと輝く瞳で見つめてくる。

徹平は舌打ちした。

進也に苛立ったわけではない。愛しいと思ってしまう自分に苛立ったのだ。

このコントロールの効かなさ、付き合うて一年以上経っても慣れん……。

「あ、舌打ちしましたね。ひ」

ひどい、と言いかけた進也の頬にキスをする。

目を丸くした進也は、たちまち赤くなった。キスもそれ以上も何度もしているのに、こういうときは驚くほど初心な反応をする。

思わず頬を緩めると、進也はますます赤くなった。

「ちょ、もー、そういうとこですよ、兄さん……！」

「そういうとこてどういうとこや」

「そういうとこです！　もう一回してください！」

進也が顔を近付けてきたそのとき、パソコンの画面にダイレクトメールが届いたマークが表示された。

「おい、ＤＭや」

「後で見ます。キスが先！」

「ＤＭ見た後でしたるから」

「もー、兄さん！　兄さんはもー、ほんまにもー」

文句なのか愚痴なのか、なんだかよくわからないことをぶつぶつ言いながらも、進也はメッセージを開いた。パソコンの画面を見つめる。

「ん？　んー……。え、マジか。本物？」

読み進めるうちに、進也は前のめりになった。

「どうした」

「や、なんか、宮村開智からＤＭがきたんですけど」

「知り合いか？」

「えっ、兄さん、宮村開智知らんのですか」

「知らん」

「そっか……。兄さんらしいですね」

進也はあきれたような、それでいてなぜか嬉しげな顔になった。

こちらに向き直り、ちゃんと説明してくれる。

「宮村開智は歌手です。作詞作曲もしてるから、シンガソングライターていうんかな。最初は動画サイトで話題になったんですけど、ちょっと前に人気アニメの主題歌を担当して、一気にブレイクしたんです。有名ですよ。ほら、これです」

進也はパソコンを素早く操作した。画面にアニメの映像が出てくる。

静かなイントロで始まった歌は、テンポの速いロック調に変わった。流行りの歌はよく知らないが、今まで聞いたことのない独特のメロディラインだ。少し錆が含まれたような声が特徴的である。

　再生回数は五千万回を超えていた。有名なのは本当のようだ。

「これを歌ってる人がＤＭくれたってことか？」

「そうみたいです。俺にＭＶに出てほしいって。俺の三方ヶ原の動画を見て、新曲のイメージにぴったりやって思わはったそうです。事務所を通して講談協会に正式にオファーしますので、ご検討よろしくお願いします、て書いてあります。え、なんやこれ、こわっ。悪戯ですかね」

　不安そうに眉を寄せた進也の背中を、徹平は軽く撫でた。

「ネット上でいろんな人に見てもらえるってことは、偏執的な奴とか、悪意を持った奴の目にも留まる可能性があるってことやからな。とりあえず今は返事せんと、明日協会に問い合わせてみたらええ」

「そうします。これ、俺が信用して返事したらどうなるんやろ。怪しい人が出てきて、ＭＶに出演するためにはお金がいる、とか言われるんでしょうか」

「詐欺やとしたら、そうやろな。最初は五十万出せ、追加で百万、また追加で二百万、てどんどん要求されるんとちゃうか？」

「うわ、こわっ。これきっと引っかかる人いますよ。借金してでもＭＶに出たいていう人、いっぱいいいるやろうし……」

首を窄めた進也は、恐る恐るパソコンの画面を見つめた。

少しでも不安を和らげてやりたくて、その頬にキスをする。

刹那、進也は目を剝いてこちらを見た。すっきりとした頬のラインが、みるみるうちに赤く染まる。

急に恥ずかしくなった徹平は、ふいと視線をそらした。

「DM見たらしたるて言うたやろ」

「……もー、兄さん！　そういうとこですよ！　もー、大好きです！」

叫ぶなり抱きついてきた進也を、徹平はどうにか受け止めた。


「お忙しいのに、お時間とってもらってすみません」

丁寧に頭を下げたのは、グレーのスーツを身に着けた三十代半ばの女性だ。

先ほどもらった名刺には、チーフマネージャー、鍋島里歩、と記されていた。

「はじめまして。宮村開智です」

鍋島の隣に立っていた、癖の強い髪を長めに伸ばした男性もペコリと頭を下げる。こちらは痩せぎすの体に薄いブルーのシャツ、黒いパンツという何の変哲もない格好だ。

年齢はよくわからない。実年齢は二十八歳らしいが、十代にも見えるし、四十代にも見える。彼が宮村開智だ。

「堀田といいます。よろしくお願いします」

宮村の横にいる二十代半ばらしき男も会釈をした。丸い眼鏡をかけ、ジャケットにパンツという幾分か硬い服装だ。彼は映像作家の堀田。今回のMVの監督を務めるという。

どこかぽかんとした面持ちだった進也は、三人に頭を下げられてハッと我に返った。

「いえ、そんな！　お忙しいのは宮村さんの方でしょう。わざわざ来ていただいて、すんません。講談師の伝井青葉です。よろしくお願いします」

進也は勢いよく頭を下げた。

同席していた徹平と弁護士の大庭も、はじめましてと挨拶をする。

宮村について、徹平なりにいろいろと調べた。十代から三十代にはかなり知名度が高いらしい。動画からメジャーになった人だからか、あまり「芸能人」という感じはしない。どちらかといえば「芸術家」のイメージだ。

宮村のDMが届いてから十日がすぎた。こちらから出向きますと言ったのだが、ちょうど大阪でライブがありますので伺いますと返事があった。第三者に話を聞かれない場所がいいと言われたので、『ほうらい亭』に来てもらうことにしたのだ。

六畳ほどの応接室に、宮村たち三人と、進也、徹平、そして立会人として協会が依頼した弁護士の大庭の計六人が入るとかなり狭いが、他に適切な場所がないから仕方がない。

宮村からDMが届いた日、上方の講談協会の所在地になっている『ほうらい亭』の事務所宛てにもメールが届いていた。進也、徹平、青吉、葉太郎の若手四人と事務員の福地で、メールの真偽についてああでもないこうでもないと話し合った。しかし当然だが結論は出ず、詐欺である可能性を考えて、まずは大庭に連絡をした。

すぐに来てくれた大庭が、宮村が所属する事務所がまっとうな会社組織であると調べてくれた。そこで、進也が直接電話をかけてみることになった。

一般企業で働いた経験がある進也は、緊張しながらもなかなかスムーズにやりとりをした。そしてようやく、依頼が本物だとわかったのだ。

――私は前座に上がって間がないし、講談師としては半人前です。断ろうと思います。

青右衛門を前にして、進也は神妙な面持ちでそう言った。

おまえの思うようにやりなさい、と青右衛門は言った。

――やっても後悔するかもしれんし、やらんでも後悔するかもしれん。人間てそういうもんや。ただ、講談の世界を知らん人にとったら、前座やろうが半人前やろうが関係ない。伝井青葉の名前で高座に上がってる以上、おまえは講談師以外の何者でもないんや。それだけはよう覚えときなさい。

師匠の言葉がどう響いたかはわからないが、進也は思い直した。宮村さんに話を聞いてみて、自分にやれると思たら引き受けます。引き締まった表情でそう言った。

進也はたぶん、講談を広めるのにこんなチャンスは滅多にないと思たんや。

講談師として生きていく、進也の覚悟を見た気がした。

もっとも、宮村さんらと会うとき兄さんも一緒にいてください、と若干涙目で頼んできたのはかわいかったが。

やはり緊張気味の事務員の福地が——高校生の娘が宮村のファンらしい——、商店街の和菓子屋で購入した饅頭とお茶を出してくれた。

皆で饅頭を食べて一息ついた後、宮村がおもむろに口を開いた。

「僕、講談のことは全然知らなかったんですけど、スタッフの中に講談師の新風堂夏紋さんのファンがいて、休憩時間に夏紋さんの講談の動画を見てたんです。勧められて見てみたら、迫力があっておもしろくて。いくつか見た後、おすすめに青葉さんの三方ヶ原軍記が出てきたんですよ。一目見て、新曲のＭＶには青葉さんに出てもらいたいって思いました。今度の楽曲は、離れてしまった大切な人とか、置いてきてしまった夢とか、忘れようにも忘れられないものを抱えながら歩き続ける。そういう歌なんです。青葉さんから感じられるひたむきさとまっすぐさ、それからほんの一瞬、寂しさが垣間見えるところが、本当にぴったりで」

「え、あ、どうも、ありがとうございます」

自分の思いをわかってもらいたかったのだろう、一息に話した宮村に、進也は圧倒されたようにペコリと頭を下げた。

徹平も呆気(あっけ)にとられた。宮村本人がここまで語るとは思わなかったのだ。

次に話し出したのは堀田だった。

「宮村君から話を聞いて、青葉さんの動画を見せてもらいました。私も講談のことは全然知らなかったんですが、大いにイマジネーションを刺激されました。青葉さんは映像映(ば)えする。間違いありません」

ありがとうございます、と進也は再び頭を下げる。しかし表情は硬いままだ。

「あの、お話はほんまにありがたいんですけど、私、演技はしたことないですし、できんと思います。その辺は大丈夫ですか」

「大丈夫ですよ。演技はしてもらわなくていいです。高座の様子を撮らせてもらうのと、あと、三日ほど僕とカメラマンが密着させてもらいます」

「みっちゃく」

「はい。青葉さんの普段の様子を撮らせていただきます。あ、特別何かをしてもらう必要はありません。いつも通りのスケジュールで、いつも通りにすごしてもらえれば大丈夫です」

「いつもどおり……」

つぶやいた進也は、こちらを見た。

兄さん、どうしましょう。

助けを請う眼差しに、いつも通りて言うてはるんやから、いつも通りでええやろ、と視線で応じる。

やりとりを見守っていた鍋島が、真剣な面持ちで口を開いた。

「もちろん、周りの方にご迷惑がかからないように細心の注意を払います。ただ、演芸の世界に明るくないので、寄席や劇場におけるマナーとか、芸人さんに対してやってはいけないことがわからないんです。お手数ですが、事前に教えていただけますか？　あと、撮影前にご挨拶しておくべき方がおられたら伺いますので、教えていただけるとありがたいです」

こちらの世界を尊重し、礼を尽くそうとしてくれている。

宮村と堀田の熱意も含めて、信頼できそうだ。

大庭に視線を向けると、彼も頷いてくれた。会社として書類上の瑕疵はなくても、中身まではわからない。実態はどうなのか心配してくれていたのだろう。

再び進也に視線を移して頷いてみせる。

進也は小さく息を吐いた。改めて鍋島に向き直る。

「私の師匠の伝井青右衛門には、挨拶に行っていただきたいです」

「はい、もちろんです」

「僕も行きます」

宮村が小さく手を挙げた。

あ、私も、と堀田も続く。

「ご挨拶するのはもちろんですけど、青葉さんの師匠にお会いしてみたいです」

瞬きをした進也は、やがて嬉しそうに笑った。そして改めて頭を下げた。

「よろしくお願いします」


堀田がカメラマンと共にやって来たのは、それから約一週間後である。

その間に書類をかわし、契約を結んだ。大庭に書類のチェックを頼むと、著作権や肖像権に強い弁護士を紹介してくれた。大庭は進也に舞い込んだチャンスに、感慨深そうだった。あんなに痩せて泣いてたのになあ、と目を細めて進也を見つめた。

ともあれゴールデンウィーク直前で、それほど客足が多くなかったことが幸いした。二人は周囲の邪魔をしないように気を配りつつ、少し離れた場所から進也を撮影した。近くで撮影するときは許可を求めた。大丈夫だろうとは思っていたが、宮村開智のMVに出してやるのだから言うことを聞いて当然、という横暴な態度は欠片もなかった。

最初の打ち合わせで言っていた通り、宮村と堀田と鍋島が事前に挨拶に行ったせいもあるだろう、青右衛門をはじめとする年嵩の講談師たちも協力してくれた。

一日目は緊張していた進也だったが、二日目の終わりくらいから次第にリラックスしてきた。三日目になると、撮影されているのをときどき忘れているようだった。堀田たちが気配をうまく消したのは確かだが、進也の順応力が高いことも要因だろう。

紙が黄ばんだ古い講談の速記本の文字を追いつつ、徹平は隣の部屋から聞こえてくる進也の声に耳をすませた。本当は『宗悦殺し』を稽古したいが、こちらの声が進也の部屋に届いてはいけないので本を読むことにしたのだ。

「ですがご当家の養子になれということだけは、どうかご勘弁くださいませ。実は、今まで身分を明かさずご厄介になっておりましたが、実は私はこれこれこうこうで……、と初めて明かす己の身分」

パン！　と張り扇の小気味よい音がする。

進也が読んでいるのは、青右衛門に稽古をつけてもらっている最中の『赤穂義士伝』の銘々伝、『倉橋伝助』だ。まだ覚えきれていないらしく、途中でつっかえるときもある。

相変わらず覚えるんは遅いけど、ちょっとずつ良うなってる。

時刻は夕方の午後五時。最終日の今日、家で稽古する様子を撮影したいと言って、高座を終えた進也に堀田とカメラマンがついて来た。ちなみに、青右衛門に稽古をつけてもらっている様子も撮影していた。

どういう映像になるんやろ。ちょっと楽しみや。

ふいにガシャガシャと玄関の戸を叩く音がして——チャイムはついていない——、徹平は顔を上げた。

「こんばんは、堀田です。ちょっとよろしいですか」

小さい声が尋ねてきた。しかし隣の部屋からはまだ進也の声が聞こえている。

何やろ。もう終わらはったんか？

1Kの狭い部屋だ。はい、と返事をして立ち上がり、すぐに玄関の引き戸を開ける。

そこには長袖(ながそで)のTシャツに綿(めん)のパンツという、ごく普通の格好の堀田が立っていた。

「こんばんは。どうかされましたか？」

「いえ。青嵐(せいらん)さんにもいろいろとお世話になったので、お礼をと思いまして。三日間、お邪魔して申し訳ありませんでした。ありがとうございました」

「私は何もしてません。それより、青葉(あおば)を採用してくださってありがとうございました」

進也は丁寧に頭を下げた。

堀田は何を思ったのか、満足げなため息を落とした。

「こちらこそ、青葉さんを撮影させてもらったことはもちろん、知らない世界を覗かせてもらえて勉強になりました。演芸の世界っておもしろいですね。脈々と受け継がれてきた芸なのに世襲(せしゅう)じゃない。他人同士で師匠と弟子っていう関係が、今の時代にも成立してるって、他ではあまり見ない気がします」

「今の若い人の中には、師匠と弟子ていう関係を嫌う人も大勢いますから。落語は別として、漫才ではもう、師匠と弟子の関係はほぼなくなりましたね」

「でも、尊敬できて信頼できる師匠がいるって、芸だけじゃなくて人間としても心強いんじゃないですか？」

「そうですね。青右衛門の弟子になれて幸せです」

本心をそのまま口に出すと、堀田は眼鏡をかけ直してこちらを見つめた。

「人の目を自然と引きつける青葉さんとはまた違いますけど、青嵐さんも独特の空気感がありますね。私と同い年くらいなのに、もっとずっと長く生きてるような、世の中のあらゆる物を見てきたような……。講談が体に染みついてるからでしょうか」

「もしそうだとしたら嬉しいです」

社交辞令ではなく、本当に嬉しかった。講談が体に染みついているなんて、講談師としてこれほど心に響く褒め言葉はない。

堀田はにっこり笑った。

「兄弟弟子っていうのも不思議な関係ですよね。青葉さんは青嵐さんが傍にいると、安心した顔になる。青右衛門さんに稽古をつけてもらってるときとも、高座に上がってるときとも違って、青葉さんの人間性が一番よく出てる気がします」

よく見ている。さすが気鋭の映像作家だ。

今の時代、徹平と進也が恋人であっても、表立って非難されたり、蔑まれたりすることはないだろう。徹平自身、同性である進也と付き合っていることに後ろめたさはない。

しかし世の中には、様々な考えを持った人がいる。わざわざこちらから知らせる必要はない。

徹平は敢えて穏やかに答えた。

「それは私が身近やからでしょう。青葉が弟子入りしたときから、隣の部屋に住んでますし」

「ああ、なるほど、それで」

堀田が納得したように頷いたそのとき、堀田さーん、終わりましたー、とカメラマンが呼ぶ声が隣の部屋から聞こえてきた。

堀田がぎょっとして隣室と接している壁を見る。

「こんなにはっきり声が聞こえるんですね」

「昔の長屋ですから壁が薄いんです。外気の影響をもろに受けるから、夏は暑いし冬は寒い」

「そうなんだ。青葉さんは家でもずっと着物着てるし、タイムスリップした気分です」

妙に感心する堀田に苦笑していると、今度は、堀田さん、と呼ぶ進也の声が聞こえてきた。

「お疲れ様です、ありがとうございましたー！」

よく通る快活な声に、堀田と顔を見合わせる。ふ、と堀田は楽しげに笑った。

「青葉さんて本当に明るくて素直で、おもしろい人ですね。――お疲れ様でした！」

壁に向かって返事をした堀田は、再びこちらに向き直った。その顔は引き締まっている。

「MV、絶対良い物にします」

「よろしくお願いします」

徹平は深く頭を下げた。


前方をまっすぐに見つめる強い眼差し。

釈台(しゃくだい)を張り扇で叩いた後、ふと目を伏せる。儚(はかな)げな色気が漂う。

お弁当に入っていた唐揚(からあ)げを頬張って、満足げに笑う。

楽屋で師匠にお茶を出すときの、丁寧な仕種。

青右衛門に稽古をつけてもらっているときの、どこまでも真剣な顔つき。

肩の力を抜いてぶらぶらと歩く。学校帰りの小学生のような足取りだ。

そして、ふいにこちらを振り返る。おどけたような表情。かと思うと、端整な面立(おもだ)ちに安心しきった、さも嬉しそうな笑みが広がる。

イヤフォンを通して聞こえてくるのは、切なさと憂(うれ)い、そして温かさが滲(にじ)んだ歌声だ。

落ち着いたミドルテンポの歌と相まって、見慣れているはずの進也の全てが新鮮である。

さすがプロの仕事だ。派手な演出は一切ないのに目が離せない。

進也は演技をしていないにもかかわらず、まるでドラマを見ているかのようだ。

歌詞がまた印象的だった。遠いところへ大切なものを置いてきた。遠い、というのは物理的な距離とは限らない。心の距離かもしれない。とにかくもう、おいそれとは触れられない。未練があるし後悔もある。傷ついてもいる。忘れられない。それでも歩く。歩き続ける。――そういう歌だ。

進也が着物を身に着けているせいなのか、あるいは特殊な加工がしてあるのかはわからないが、背景は確かに現代なのに、大正のような、昭和のような、不思議なノスタルジーも感じられた。今はもういない昔の人の物語ともとれるし、今を生きる人の物語にもとれる。

いずれにしても、進也が過去に辛い経験をしたことがリアリティを生んでいる気がした。

ふいに目の前が暗くなって眉を寄せる。

「おい、やめろ。見えへんやろ」

「そんな見ないでください。なんかすげー恥ずかしい」

背後から声がする。両手で目隠しをしているらしい。

子供っぽい仕種にあきれるが、かわいいとも思う。

目隠しひとつで複雑な気持ちになってしまう自分にこそあきれつつ、徹平はため息を吐いた。

「なんで恥ずかしいんや。いつものおまえやないか」

「いつもの俺やのに、兄さんがめっちゃ見るからですよ」

目隠しを解いた進也は、ついでに徹平の耳からイヤフォンを引っこ抜いた。

「こら、何すんねん」

「生身の俺も見てください」

徹平の隣に移動し、上目遣いでにらんでくる。徹平の部屋にいるのは二人だけなので、甘えモードのようだ。

堀田とカメラマンが撮影に訪れてから一ヵ月ほどが経ち、今日の昼すぎ、デモ版が届いた。動画サイトでの公開を前に、一足先に送られてきたのだ。一緒に見てくださいと進也に頼まれ、二人で見ることにした。

徹平はため息をついて進也の頭を小突いた。

「どっちもおまえやろ」

「そうやけど。なんか、自分やないみたいで変な感じなんです」

進也は再びパソコンの画面を見た。

反対に、徹平は生身の進也を見つめる。画面から漏れる仄かな光を受けた横顔は、凛々しく美しい。が、リラックスした表情のせいで不思議な色気がある。

ふいにぐわっと胸に込み上げてくるものがあって、徹平は進也の頭を乱暴に撫でた。

「わ、なんですか?」

「いや、ようがんばった。お疲れさん」

パッと進也の顔が輝いた。兄さんに褒めてもらえて嬉しい！　と顔中に書いてある。

「ありがとうございます！　けど俺、別にがんばってないですよ。台詞を覚えたわけでもないし、演技したわけでもないし」

「けど三日も密着されとったやろ」

「それも別にストレスやなかったです。堀田さんら、俺だけやなくて周りにもちゃんと気ぃ配ってくれはったし、三日とも夜には帰らはったし、うちまで来はったんは一日だけやったし」

「そうかもしれんけど、慣れんことには違いなかったやろ。これから取材も入ってるし、まだ慣れんことが続くけどがんばれ」

宮村の事務所を通して、進也にも取材依頼があった。宮村と堀田と一緒に、東京でインタビューを受ける予定だ。

講談協会にはマネージャーなどという上等な役目の人はいないので、進也一人で行くことになった。徹平も一緒に行きたかったが、既に入っている仕事を断るわけにはいかない。内心で心配していると、宮村のマネージャーである鍋島が協会に電話をくれた。青葉さんのことは任せてください！　私が取材にも同行しますし、ちゃんと大阪行きの新幹線に乗るところまでお見送りしますので！　と請け負ってくれて心強かった。

「怖い。兄さんが優しい」

徹平から少し離れた進也が、じと、とこちらを見上げてきた。

「アホ、俺はいっつも優しいやろ」

横目で見下ろして、しれっと言ってやる。

すると進也は拗ねたのか、照れたのか、口許をむずむずと動かした。

「もー、また兄さんは。ほんま、そういうとこですからね。確かに兄さんは、最初からずっと優しいです」

ぶつぶつ言いながら、進也は片方のイヤフォンを耳につけた。はい、と徹平にもう片方のイヤフォンを差し出す。一緒に聞きたいらしい。イヤフォンを受け取って耳につける。

進也は動画を再生した。二人で最初からもう一度、歌を聞く。

映像を見るのは二度目だが、たちまち惹きつけられた。

進也が恋人だから目が離せないのか、誰が見ても魅力的なのか、正直わからない。

けれどとにかく、良いと思う。

膝の上に置いていた手を、進也がぎゅっと握ってきた。

「ちょっと寂しい感じがするけど、ええ歌ですね」

「そやな」

「この動画をきっかけにして、講談のことを知ってほしいていう気持ちはもちろんありますけど、純粋にええ歌やから、たくさんの人に聴いてもらいたいです」

そこまで言って、進也は急に首を窄めた。

「うわ、歌も映像も俺が作ったわけやないし、演技もしてへんのに、今の言い方めっちゃ偉そうでしたね。宮村さんの歌やったら、大勢の人が聴かはるに決まってるのに」

「それだけ心底ええ歌やと思たんやろ」

離れかけた進也の手を、徹平はしっかりと握り返した。

感受性の強さも、まっすぐさも、遠慮深さも愛(いと)しい。

——ああ、俺はこんなにも、進也を好きになってたんや。

「宮村さんに正直に感想を言うたらええ。おまえの気持ちはきっと伝わる」

驚いたように目を丸くした進也だったが、やがてさも嬉しそうに笑って頷いた。


　おはようございます、と頭を下げて『花果実亭(はなかみてい)』の楽屋へ入ると、ちょちょちょちょちょ！

青嵐君！　といきなり声をかけられた。

歩み寄ってきたのは噺家(はなしか)の萩家涼水(はぎやりょうすい)だ。愛敬(あいきょう)のある顔立ちの彼は、上方(かみがた)落語の若手四天王(してんのう)のうちの一人である。

「観(み)たで、宮村開智のMV。青葉君凄(すご)いな！」

「ああ、はい。ありがとうございます」

楽屋にいる他の芸人たちの視線を感じつつ、徹平は頭を下げた。進也が見習いだった頃から、『花果実亭』をはじめとする落語中心の寄席に来るときは、大抵徹平にくっついて来ていた。そのせいか皆、青葉のことは青嵐に言えばいいと思っているのだ。徹平自身、進也について言われることは、自分事と受け止めるのが当たり前になっている。

MVが公開されてから二十日ほどが、進也が宮村と堀田と共にインタビューを受けた記事が公開されてから二週間ほどが経った。季節は既に初夏だ。朝から蒸し暑く、楽屋には緩く冷房が効いている。

MVの再生回数はあっという間に百万回を超えた。伝井青葉という名前が動画の最後にクレジットされたせいだろう、進也が作っている講談の動画もどんどん再生されている。

「青葉君の演技が歌と合うてて感動したわ。てか青葉君て演技もできるんや。青右衛門先生もドラマに出てはったし、ドラマのオファーとかくるんとちゃうか？」

涼水は、どんな風に撮影したか堀田が説明しているインタビュー記事は読んでいないようだ。凄く良い歌だからたくさんの人に聴いてもらいたいです、という感想を素直に喜んでくれた宮村は、インタビューの中でも進也を褒めてくれた。堀田は言わずもがなだ。

「あれ、演技してないんですよ」

「うん？　演技してたやんか」

「普通に撮った映像を、ああいう形に編集しはったんです」

「え、マジで？　凄いな。ドラマみたいやったで」

涼水が驚きの声をあげたそのとき、楽屋の暖簾が翻った。

おはようございます、と頭を下げつつ入ってきたのは、俳優と見紛う端整な容貌の男だ。四天王のうちの一人、栗梅亭真遊である。

「あ、青嵐君、お疲れ様です。宮村さんのＭＶ観ました。青葉君、歌にぴったりでめっちゃ良かった」

笑顔で褒められ、ありがとうございますと頭を下げる。

『ほうらい亭』でも、講談師だけでなく客にもたくさん声をかけられた。もちろん大庭もだ。あのときの案件がこんなことになるなんてなあ、と感慨深げだった。

同じ長屋に住む芸人たちは、不思議なことにあまり驚いていないようだった。日比野は華があるから、どんな形やってもいつかブレイクすると思てた。納得した顔でそう言ったのは、マジシャンのカンタである。漫才師の奥平も大きく頷いていた。二人に『よしざわ弁当』のスペシャル唐揚げ弁当を奢ってもらって、進也は上機嫌だった。

プロデューサーの生方からは、協会宛てにメールが届いた。彼は進也が見習いの頃から、何かにつけて気にかけていたらしく、我が事のように喜んでいた。

ここ二週間ほどの間に、『ほうらい亭』がある商店街で働く人たちからも、若い人を中心に声をかけられた。

こうして噺家の二人に感想を聞かせてもらうと、本当にたくさんの人が宮村のＭＶを見ているのだと実感する。

「今日、青葉君はほうらい亭か？」

真遊の問いに、はいと応じる。

「午前中は青右衛門師匠のお宅で稽古をつけてもろて、午後一でほうらい亭の高座に上がる予定です。今日は師匠がトリで出はるから、師匠と一緒にほうらい亭へ移動してると思います。もう着いてるんと違うかな」

「青右衛門先生のお宅からほうらい亭までは電車か？」

不思議なことを尋ねてくる真遊に、はいと頷く。

ＭＶについて聞かれるのならともかく、交通手段を聞かれるとは思わなかった。

「普段は徒歩と電車です。今日は師匠と一緒やから、タクシーに乗ってるかもしれません」

「そうか。今日は電車移動でも青右衛門先生が傍におられるからええとして、一人で移動するときは気ぃ付けるように言うた方がええかも。ていうか、しばらくは青葉君一人で行動せん方がええと思う」

真剣な物言いに、徹平は瞬きをした。

「なんでですか」

「もしかしたらやけど、ＭＶを観た人が青葉君のプライバシーを侵害してくるかもしれん」

あー、と涼水はため息のような声を出した。

「真遊、今もけっこう大変やもんな」

「二十代半ばの頃よりはましになりましたけどね。応援してくれはるんは嬉しいし、ありがたいですけど、直接家まで来たり、プライベートのときまで追いかけられたりするんは、ちょっと。身の危険を感じるときもありましたから」

真遊は苦笑した。彼は全国放送のバラエティ番組やＣＭにも出ており、アイドル的な人気がある。寄席に足を運ぶ熱心なファンもいて、真遊が高座に上がると必ず複数の女性の歓声があがる。

女性の出待ちも多い。笑顔で対応しているときもあるが、警備員や他の噺家に協力してもらい、ばれないようにそっと寄席を出て行く姿も何度か見かけた。

「青葉もそんなになるでしょうか……」

「わからん。なるかもしれんし、ならんかもしれん。ただ、ＭＶの青葉君、めちゃめちゃかっこよかったからな。用心するに越したことない」

実際に経験している真遊の言葉だけに、重みがあった。

恋人だから強烈に惹きつけられるのかと思ったが、ＭＶに出ている進也は客観的に見ても魅力的だったのだ。考えてみれば、進也は『ほうらい亭』の高座に上がっているときも客の目を引き寄せていた。それほど多くはないものの、女性客にキャーキャーと騒がれてもいた。

そうや。進也は客観的に見ても、かっこようてかわいいんや。

しかも人懐っこくて天然で真面目で素直で繊細だ。

おかしな人間に目をつけられないとは限らない。

「ありがとうございます。青葉に気ぃ付けるように伝えます。ちょっとすんません」

真遊と涼水に頭を下げた徹平は、バッグからスマホを取り出した。

画面に進也から届いたメッセージが表示されている。

――女将さんにサインを頼まれました。お店に飾ってくれはるそうです！

『ほうらい亭』の近くにある和菓子屋の店内で、色紙を手にした進也と女将が嬉しそうに笑っている写真が送られてきていた。メッセージが発信されたのは五分前である。

徹平は思わずほっと息をついた。ほとんど毎日会うのにスマホでやりとりする意味がわからん、と思っていたが、こういうときは便利だ。

「今んとこ大丈夫みたいです」

真遊と涼水も安堵の表情を浮かべる。

「青葉君、これから花果実亭の高座に上がることもあるし、警備員さんにも気ぃ付けてもらうように話しとくわ」

涼水に肩を叩かれ、徹平は頭を下げた。

「お手数かけてすんません。よろしくお願いします」

伝井青葉を気にかけてくれる人がいるのは、本当にありがたい。

すると何を思ったのか、真遊と涼水は顔を見合わせた。

「青嵐君、なんかどっしりしたなあ。あ、見た目やないで。雰囲気っていうか、空気?」

涼水のしみじみとした物言いに、瞬きをする。

「そうですか? 自分では何も思いませんけど」

「いやいや、めっちゃええ感じやで。前から迫力あったけど、今は深みがある。どっから見ても講談師の佇(たたず)まいになった」

「……ありがとうございます」

徹平は再び頭を下げた。良い方向に変われたとしたら進也のおかげだ。進也を好きになったことで、自分の中に革命が起きたのは間違いない。

俺が、進也を守ってやらんと。


『花果実亭』の高座を終えた徹平は、すぐに『ほうらい亭』に向かった。

今日の出番は、トリの青右衛門のひとつ前だ。まだ時間に余裕がある。

それでも気が付けば商店街を走っていた。

思い出すのは、進也にパワハラをした上司の、更に上の上司が『ほうらい亭』にやって来たときのことだ。進也は真っ青になって立ち尽くしていた。恐らく足が竦んで動けなかったのだ。距離を詰めてくるのは女とは限らない。男かもしれない。しかも今日は土曜日だ。学生も社会人も自由がきく人が多い。悪意を持った人間が、遠くからも来るかもしれない。

見ず知らずの男に詰め寄られている進也を想像しただけで、ひゅ、と喉が鳴る。

商店街の隅にある『ほうらい亭』が見えてきた。二十歳前後と思しき若い女性が数人、劇場の前に群がっている。中心にいるのは、徹平のお古の着物を身に着けた進也だ。

進也！　と声をかけようとしたそのとき、女性たちが賑やかな笑い声をたてた。

進也もにっこり笑う。顔色は良い。表情も明るい。

――よかった、無事や。怖がってる様子もない。

しかし数メートル近付いたところで、自然に足が止まった。

女性の一人が、進也との距離を詰めたのだ。

「そしたらほうらい亭って、毎日開いてるわけやないんや」

多分に甘えを含んだ口調で言った女性に、はい、と頷いた進也は彼女としっかり目を合わせた。しかし体の向きを斜めにして女性から離れる。

「週に三回、基本的に火曜日と木曜日と土曜日に開けてます。続き物を読むイベントがあるときは連続して何日か開けるときもありますけど、基本は火木土ですね」

「そうなんや。なんで毎日開けへんのですか?」

「大阪の講談師、私を含めて二十九人しかいてへんのです。それぞれ営業に行ったり、他の劇場の高座に上がったりしてますから、毎日は開けられんのです。すんません」

ペコリと頭を下げた進也に、キャー、となぜか小さい悲鳴があがる。

さしずめ、礼儀正しい、真面目、カッコイイ、といったところか。

「青葉君が謝ることやないし。なあ」

「ほんま、謝らんといてください。けど残念や」

「毎日青葉君が見れたらええのに」

口々に言われて、進也はぐるっと全員を見まわした。そして再びにっこり笑う。

「宮村さんのMVを見てもらえたら、毎日会えますよ」

キャー! と今度は先ほどより大きな歓声が上がる。

唐突に息が詰まるような感じがして、徹平は眉根を寄せた。

なんやこれ……。

普段から徒歩移動を心がけていることに加え、週に二、三度ジョギングをしているため、息は既に整っている。苦しいわけではないのに呼吸がうまくできない。走ったせいで汗まみれになっていた熱い体が一気に冷えていく。

進也は落ち着いた声で続けた。

「私の予定は協会のホームページに載ってますので、そこをチェックしてもらえますか？　あ、他の講談師の講談もおもしろいから、聞いてもらえると嬉しいです」

「わかった、聞いてみるー」

「でもやっぱり、青葉君の講談が聞きたいよね」

「うん、今日も青葉君を見に来たんだし」

女の子たちがまた、きゃっきゃっ、と高い声を出す。

ありがとうございます、と礼を言った青葉はふと視線を上げた。立ち尽くしている徹平を見つけて、パッと顔を輝かせる。

「兄さん！　おはようございます！」

よく通る声がアーケードに響いた。

進也を取り囲んでいた女性たちが、一斉にこちらを振り返る。

反射的にじろりとにらみ返してしまった。

──あかん。怖がられる。

我に返って会釈をしたが、もう遅い。女性たちは明らかに怯んだ。

「じゃ、じゃあ、私ら帰るな！　また見に来るし！」

「がんばって！　応援してるから！」

女の子らは進也に小さく手を振り、踵を返した。そのうちの二人が振り返り、徹平にも会釈をしてくる。徹平ももう一度頭を下げた。

二人はうんうんと何度も頷き合う。迷惑をかけて悪かったと思ったのかもしれない。

「ありがとうございます、よろしくお願いします」

進也は朗(ほが)らかに返して彼女らを見送った。姿が見えなくなると、すぐに駆け寄ってくる。

「兄さん、お疲れさんです。走って来はったみたいですけど、何かあったんですか？」

徹平は無言で進也を見下ろした。

心配そうに見上げてくるこげ茶色の目は、キラキラと輝いている。

――いつも通りかわいいのに、なぜかむかつく。

「おまえ、高座は」

知らず知らず冷たい物言いになった。

進也は戸惑ったように瞳を揺らしつつ答える。

「今日の高座は、さっき終わりました」

「なんで表に出てたんや。師匠のお世話はどうした」

「あ、え、と、俺を見に来てくれてはったお客さんが表で騒いではったから、ちょっと顔見せて帰ってもらうことにしたんです。商店街の皆さんに迷惑かかったらあかんし。そしたら葉太(ようた)郎(ろう)兄さんも一緒に行くて言うてくれはって、師匠もこっちはええから行ってきなさいて言うてくれはって……」

「葉太郎はどうした」

「注意したら静かにしてくれはったから、大丈夫やて判断して戻らはりました」

いや、静かやなかったやろ。充分うるさかったやないか。

そう思ったが、口には出さなかった。

ともあれ、進也は悪くない。悪いのは騒いだ女の子たちだ。

納得したのに、むかつきは治まらない。

「あんなに愛想振りまいて優しい言葉かけたら、余計に騒がれるやろが」

「そんな、愛想なんか振りまいてません。優しい言葉もかけてへんし。あんまり強う言うわけにはいかんから、なるべく柔らかい言葉は使いましたけど……」

「おまえがどういうつもりでも、向こうは優しいて思うかもしれんやろ。おまえは警戒心がなさすぎる。もっと用心せえ」

素っ気なく言って踵を返す。視界の片隅に、しゅんと肩を落とした進也の姿が映った。

――傷つけた。

ズキリと胸が刺すように痛んだが、足を止めなかった。

商店街にある喫茶店『もみの木』の奥の席で、徹平は一人コーヒーを飲んでいた。

否、実際はほとんど飲んでいなかった。コーヒー通の間でも旨いと評判のそれは、すっかり冷めている。

では、何をしているかといえば、自己嫌悪と罪悪感にまみれていた。

『ほうらい亭』での高座を終えた後、青右衛門の高座を観た。進也も観ていた。

いつもなら、進也と共に楽屋と客席の掃除をしてから帰る。他にも二つ目の講談師がいれば、皆で掃除をする。今日は葉太郎がいたので、三人で掃除をするのが常だ。

しかし今日は青右衛門を見送った後、徹平もすぐに『ほうらい亭』を後にした。

青嵐兄さん、と進也に呼ばれたが、聞こえなかったふりをした。

なんであのとき聞こえんふりした俺……。

とにかく苛々していた。講談を読めば元に戻るかと思ったが、高座を下りても苛々は止まらなかった。進也と一緒にいると、ますます膨れ上がりそうだったから逃げたのだ。

進也は隣に住んでいる。しかも薄い壁一枚しか隔たりがない。家には帰れない。

仕方なく、ふらりと『もみの木』に入った。まるで逃亡者のように通りに面したガラス窓のある席を避け、奥の席へ腰かけた。

年季の入ったソファに座り、コーヒーの香りに包まれていると、次第に落ち着いてきた。

そして悟った。自分が進也を取り囲んでいた女性たちに嫉妬していたことに。

彼女らに笑顔で対応していた進也にも腹が立った。そんな優しい対応をしたら、勘違いされるかもしれんやろ！　と。

もともとコミュニケーション能力が高い進也は、女性たちをうまくかわしていた。愛想をしながらも一線は引いていた。そこにも腹が立った。

否、腹が立つというより嫉妬した。自分には逆立ちしてもできないことだからだ。

まだ心のどこかに、己は「陰キャ」だというコンプレックスがあったのかもしれない。助けを必要としていない「陽キャ」の進也を、勝手に心配して駆けつけた「陰キャ」の自分が恥ずかしく思えた。

苛々したのは全部、徹平のネガティブ思考が原因だ。進也は何も悪くない。

それなのに冷たくしてしまった。

最悪や……。

自分がこんなに自分勝手で横暴な人間だとは思わなかった。

進也の傷ついた顔が脳裏をよぎって、胸が強く痛む。謝らなくては。

しかし、先ほど理不尽な態度をとったせいで幻滅されたかもしれない。兄さんて、あんな器の小さい人やったんや。そんな風に思われて、嫌われてしまったらどうすればいいのか。

突然、テーブルの上に狐色のホットケーキが置かれた。たちまち甘い香りが漂う。

驚いて顔を上げると、ベストに蝶ネクタイをつけたロマンスグレーのマスターがいた。

「頼んでませんけど……」

「あちらのお客様からです」

昭和のバーテンダーか、とツッコみたくなる言葉を軽やかに口にしたマスターは、店内のカウンター席を指し示した。

よ、という風に手を挙げたのは六十歳くらいのポロシャツを着た男性だ。『ほうらい亭』の常連客で、号泣した進也を『もみの木』へ連れてきてくれた三人のうちの一人である。進也がパワハラのことを打ち明けた後、彼らは進也にホットケーキを奢ってくれた。

夢中でホットケーキを食べていた進也を思い出して、じわりと胸が熱くなる。

「腹が減ってると、どんどんマイナス思考に嵌るから、とのことです」

「……ありがとうございます。いただきます」

徹平は常連客に素直に頭を下げ、手を合わせた。

ホットケーキにメープルシロップをたっぷりとまわしかける。フォークとナイフを手にとり、一口大に切った生地をゆっくり口に入れた。

温かく甘く、柔らかな生地に、バターとシロップが染みている。旨い。

ここで一人、罪悪感と自己嫌悪に浸っていても、進也を傷つけた事実は消えない。

進也に嫌われたとしても、それこそ自業自得だ。

誠心誠意、謝ろう。

『もみの木』を出た徹平は、もう一度『ほうらい亭』へ向かった。

時刻は午後七時半すぎ。いつもなら帰宅しているか、進也と二人で外食をしている時間帯だ。進也はもう帰っているかもしれないが、念のために行ってみることにした。

夜の商店街は、会社や学校帰りと思しき人たちが行きかっている。帰宅する人、夕飯のおかずを買うために惣菜屋へ寄る人、居酒屋へ入っていく人、様々だ。夕方になって少し気温が下がったせいか、皆足取りはゆったりしている。

反対に、徹平は急ぎ足で商店街を歩いた。早く進也のところへ行きたい。

するとふいに、青嵐さん、と声をかけられた。

振り返った先にいたのは、二十代後半くらいの女性の三人組だった。式典等の改まった場所へ行ってきた帰りなのか、かちっとした服装をしている。

「あの、講談師の伝井青嵐さんですよね」

「え、あ、はい」

道端で声をかけられるのは初めてなので、戸惑いつつ頷く。

三人は嬉しそうに顔を見合わせた。

「私ら青嵐さんのファンなんです。動画見て、めちゃめちゃかっこようてびっくりしました」

「ほうらい亭がもう閉まってるのはわかってたんですけど、青葉君がよく買い物してますって商店街の紹介をしてたから、ちょっとでも会えんかなと思って」

「ご本人に会えるなんて感激です。えー、本物の方がずっとかっこいい！」

口々に言いながら、三人は段々距離を詰めてくる。

ええ、何やこれ。

こんな風に若い女性に「カッコイイ」と褒められるのも、ファンだと言われるのも初めてだ。

「どうも、ありがとうございます」

後退りつつも、かろうじて礼を言うと、三人は更に迫ってきた。

「あの、青嵐さん、夕食まだですか？」

「もしよかったら一緒に行きませんか？」

ええ、何やこれ。

どう断れば角が立たないかを懸命に考えていると、兄さん！　とふいに呼ばれた。

走ってきたのは、風呂敷包みを携えた進也だ。

まだこの辺にいたんか。よかった。

ほっとしていると、進也は女性たちを素早く避けて青嵐の横に立った。こんばんは、とにっこり笑って三人に挨拶をする。

三人は、え、青葉君？　わあ、本物？　と色めき立った。

「すんません、兄さんまだ仕事が残ってるんですよ」

「え、あ、そうなんや。じゃあ、私たちこれで」

「青嵐さん、がんばってください！　青葉君もがんばってくださいね」

ありがとうございます、と笑顔で頭を下げた進也は、徹平の腕を引っ張った。

「兄さん、行きましょう」

「ああ、うん。どうも。すんません」

徹平は一応女性たちに会釈をした。

するとますます強く引っ張られる。つんのめりそうになって、おい、と声をかけたが、進也は振り向かなかった。『ほうらい亭』に向かってずんずん歩いていく。

いつもなら振りほどくなり、怒るなりするところだが、先ほど傷つけてしまったこともあり、強く出られない。

進也もいつもと違う。どんなときでも呼べば必ず返事をするのに黙っている。

やっぱり俺に怒ってるんか。けど、さっきは助けてくれたし。

戸惑っている間に、進也は『ほうらい亭』のドアの鍵を開けた。電気が消えていたので、一旦は閉めたらしい。

楽屋まで徹平を引っ張って行った進也は、ようやく足を止めた。

風呂敷包みを机に置き、くるりと勢いよく振り返る。整ったその顔は真っ赤だ。

「兄さん、ああいうのはちゃんと断ってください」

「断ろうとしとった。断る前に、おまえが来たんや。どう断ったらええかようわからんかったから助かった。ありがとう」

本当にわからなかったので礼を言うと、進也はなぜか眉を吊り上げた。

「兄さんこそ、ちゃんと危機感持ってください。俺は宮村さんのMVで一時的に話題になってるだけで、別にカッコエエわけやないし、講談もまだ全然半人前や。けど、兄さんは違う。兄さんは講談の実力があって、めちゃめちゃカッコエエし色気もあるし、優しい。人気が出て当たり前やと思います。けど、兄さんが女の人にキャーキャー言われるんは嫌や。昼間、表で騒いでた女の子らのうちの何人かも、兄さんに見惚れてました。兄さんがカッコエエからです」

一気に捲し立てると、進也は唇を戦慄かせた。

こげ茶色の瞳から、ぽろぽろと涙がこぼれ落ちる。

「兄さんは、俺の、兄さん、やのに……」

つっかえつっかえ言った次の瞬間、わー！　と進也は泣き出した。

呆気にとられていた徹平は、我に返った。

つまり、進也はさっき嫉妬したってことか……！

歓喜と興奮と愛しさを全て混ぜたような、そのどれにも当てはまらない、なんだかよくわからない感情のような、言葉では言い表せない熱いものが込み上げてくる。

徹平は提げていたバッグを放り出し、衝動的に進也を抱きしめた。

「進也、すまん。これからはもっと気ぃ付ける」

「や、約束ですよ、気ぃ付けて、ください」

「わかった。おまえも気ぃ付けろよ。もっと警戒心持て。約束や」

「約束、します。気ぃ、付けます」

うん、と応じた徹平は、進也の背中をくり返し撫でた。

「俺も、女性客に騒がれてるおまえを見て嫉妬した。おまえがうまいこと彼女らをかわしてるんを見て、陽キャと陰キャの経験値の違いを改めて思い知らされた。そこにも嫉妬したんや。おまえは何も悪(わる)うないのに、冷とうして悪かった」

「まだ、そんなこと、思てたんですか……」

えぐ、えぐ、と嗚咽(おえつ)しながらつぶやいた進也に、ああ、と否定せずに頷く。

「俺はそういう、しょうもない男やねん」

「兄さんは、しょうもないことないです。陽キャとか、陰キャとか、言うてる兄さんも、俺は好きです。そういう兄さんもかわいい！」

耳元で大きな声を出した進也に、うるっさ、と思わず言ってしまう。

進也は泣きながらも、へへ、と嬉しそうに笑った。徹平の背中に腕をまわし、ぎゅっと抱きしめてくる。

「兄さんや。兄さんですね」

「何やねんそれ。俺に決まってるやろ」

「はい。兄さん、大好きです」

「……俺も、好きや」

照れと恥ずかしさをどうにか打ち負かして、小さく応じる。

するとまた、わー！　と進也は泣き出した。


徹平の部屋へやってきた進也に口づけると、嬉しそうに応えてくれた。

『ほうらい亭』から帰った後、一旦それぞれの部屋へ引き上げたのは、進也が準備したいと言ったからだ。

「あ、あっ」

中に入れた指を動かすと、進也は色めいた声を漏らした。

しー、と囁く。

「声、もうちょっと我慢せえ」

「ん、やって、兄さんが……、そこばっかり、触るから……！」

涙目でにらんできた進也は、既に布一枚身に着けていない。徹平が全部脱がせた。

徹平も全裸だ。自ら脱いだ分もあるし、進也に脱がされた分もある。

進也の滑らかな皮膚はしっとりと汗に濡れていた。散々弄った乳首は赤く染まり、一度達した性器も濃い色に染まっている。

しどけなく開いた両脚の奥にある場所も、進也が準備したせいで淫靡な色に変化していた。柔らかく解れたそこは、徹平の指に吸い付いて離れない。もっと奥まできて、と誘惑するように淫らに蠢く。たっぷり注いだローションが、指を動かす度にくちゅくちゅと卑猥な音をたてる。

――理性が焼き切れそうや。

セックスは既に何度も経験した。最初の頃は進也の体を解すのが大変で、手間かけさしてすんませんと進也は何度も謝ったが、少しも苦ではなかった。下世話な話、その大変さすらも興奮の材料になった。最近は以前よりずっとスムーズに入るようになり、それはそれで興奮するのだからどうしようもない。相手が進也だというだけで、際限なく欲情してしまう。

しかも、深いキスをするのは久しぶりだ。体を重ねるのは、もっと久しぶりだ。興奮するなという方がどうかしている。

「もう、大丈夫やから、入れてください……」

蜂蜜（はちみつ）のような濃厚（のうこう）な甘さを含んだ声が耳に届いた。

視線を上げると、進也がじっとこちらを見つめていた。快楽で潤（うる）んだ瞳の奥に、確かな愛情と信頼が滲んでいる。

体だけでなく胸の内も熱くなった。愛されているという事実が、とてつもない充足感と幸福感をもたらす。

「入れるぞ」

ん、と進也が頷いたのを確かめて、ゆっくり指を引き抜いた。ただそれだけの刺激で、進也は嬌声（きょうせい）をあげて震える。

たまらない気持ちになった徹平は、早々にゴムをつけ、進也の両膝を乱暴に持ち上げた。間を置かず、今し方まで指を入れていた場所に高ぶったものをあてがう。

そのまま慎重に、しかし確実に中へ押し込んだ。

「あぁっ……」

休まずに全てを含ませると、進也は嬌声のような、ため息のような、泣き声のような、艶（なま）めかしい声を漏らした。震える両腕を伸ばし、徹平の首筋に抱きついてくる。

「兄さ、兄さん……、好き……」

「進也……！」

湧き上がってきた愛しさのままに、徹平は進也をかき抱いた。

スウェットの上下に着替えた徹平は、進也の隣に体を滑り込ませた。

先ほど体を清めて着替えさせてやった進也が、すかさず抱きついてくる。

暑くて眉を寄せると、進也は口を尖らせた。

「あ、今うざいとか思たでしょう。けど俺、離れませんから」

「暑いとは思たけど、うざいとは思てへん。だから離れんでもええ」

本心をそのまま言っただけだったが、進也はまだ快楽の余韻が残る目を丸くした。次の瞬間、物凄い力でしがみついてくる。進也自身が持つ爽やかな香りがふわりと漂った。

「もー、兄さんはもー……！」

「いてっ、いった、ちょ、強すぎ」

進也の腕を叩くと、少し力が緩んだ。

「兄さん、俺、いろんなメディアから取材の依頼をいただいているんです」

「そうか」

「けど、講談師としての俺への取材と、宮村さんのMVの関連の取材以外は、お断りしよう思います。宮村さんのMVに出さしてもらったことは、俺個人としてほんまにええ経験でした。

大勢の人に講談を知ってもらうためにも良かったと思います。講談の動画を見てくれはる人も増えたし。けど、そやからこそ、今、俺は講談に打ち込みたい」

真面目な口調に、徹平は腕の中にいる進也を見下ろした。

「俺は、一人前の講談師になりたい。そんで兄さんと一緒に、講談の道を歩きたい」

まっすぐに見つめてくる瞳は、熱を孕(はら)みつつも澄んでいた。

進也は本気だ。決意しているし、覚悟もしている。

もちろん今までも本気だっただろうが、曲がりなりにも講談師として外の世界に触れたことで、思うところがあったのだろう。

俺と同じじゃ。

同じことが嬉しい。それに心強い。

「そしたら、稽古(けいこ)がんばれ」

「はいっ」

「俺もがんばる」

「や、兄さんはもうちょっと緩めてください」

「なんでや」

「俺が追いつけへんでしょう」

「おまえ、俺に追いつくつもりなんか」

「う、それは……。もちろん、追いつきたいです。追いつけへん可能性が高いですけど……」

うつむいてしまった進也の頭に口づける。

「追いつく必要はない。おまえはおまえの講談をやったらええ。俺は俺の講談をやる。それぞれの講談をやることが、講談全体のためになると俺は思う」

「俺も……、そう思います」

小さな声で、しかし噛みしめるように同意した進也は、またぎゅうっとしがみついてきた。

「もー、兄さんはほんまにカッコエエんやから。ちゃんと警戒してくださいね」

「おまえもな」

言って、もう一度頭に口づける。

進也はパッと顔を上げた。滑らかな頬やくっきりとした目許(めもと)は真っ赤だ。

「もー、そういうとこですよ！　大好きです！」

あとがき

AFTERWORD

―久我有加―


本書は芸人シリーズです。落語の世界とつながっています。が、シリーズを読んでいなくてもわかる独立した内容ですので、未読の方もぜひお読みください。

今まで漫才師や落語家が主人公の話を書いてきましたが、講談師が主人公の話は初めてです。

講談。実はほとんど知らない世界でした。

かろうじて、東京に神田松之丞（かんだまつのじょう）さん（今は神田伯山（はくざん）さん）という人気の講談師さんがおられる、という認識があったくらいです。東京の講談の動画を見てみると、確かに凄（すご）くおもしろい。

芸人シリーズのひとつとして、ぜひとも講談師を主人公にした話を書きたいと思った私は、上方（かみがた）の講談について調べ始めました。

まず、講談に関する資料を探しました。落語に比べると圧倒的に少ない……。しかも江戸（東京）の講談についての書籍がほとんどで、上方の講談について書かれたものはごく少数でした。まだまだわからないことが多い。

次に動画を探しました。幸いにも上方の講談師さんが開設しておられるチャンネルにたどり着き、様々な疑問が解消されました。ありがたい。

とはいえ物語の構成上、東京の仕組みや仕来（しき）たりを大阪に持ってきたり、一部創作したりもしています。実際とは違う箇所があるかと思いますが、どうかご容赦くださいませ。

とにかく、講談は東西問わずめちゃめちゃおもしろいです！

カップル的には、ツンデレ攻とワンコ受という組み合わせです。ヘタレ攻が私の最モエ攻ですが、ツンデレ攻にも大いにモエます。ツンデレ攻がワンコ受を溺愛するのが好きなので、執筆は非常に楽しかったです。


最後になりましたが、本書に携わってくださった全ての皆様に感謝申し上げます。

編集部の皆様、ありがとうございました。特に担当様には本当にお世話になりました。

素敵なイラストを描いてくださった、梨とりこ先生。お忙しい中、挿絵を引き受けてくださり、ありがとうございました。いろいろとご迷惑をおかけして申し訳ありませんでした。進也をかっこよくかわいく、青嵐を渋さと繊細さの両方を兼ね備えた男前に描いていただけて、とても嬉しかったです！

支えてくれた家族。いつもありがとう。

この本を手にとってくださった皆様。貴重なお時間を割いて読んでくださり、ありがとうございました。もしよろしければ、一言だけでもご感想をちょうだいできると嬉しいです。

それでは皆様、どうぞお元気で。

二〇二三年十月　久我有加

この本を読んでのご意見、ご感想などをお寄せください。
久我有加先生・梨とりこ先生へのはげましのおたよりもお待ちしております。

〒113-0024　東京都文京区西片2-19-18　新書館
[編集部へのご意見・ご感想] 小説ディアプラス編集部「恋は読むもの語るもの」係
[先生方へのおたより] 小説ディアプラス編集部気付　〇〇先生

- 初出 -
恋は読むもの語るもの：小説ディアプラス21年アキ号（Vol.83）
初恋の人：書き下ろし

[こいはよむものかたるもの]
恋は読むもの語るもの

著者：**久我有加** くが・ありか

初版発行：2023年11月25日

発行所：株式会社 新書館
[編集] 〒113-0024
東京都文京区西片2-19-18　電話（03）3811-2631
[営業] 〒174-0043
東京都板橋区坂下1-22-14　電話（03）5970-3840
[URL] https://www.shinshokan.co.jp/

印刷・製本：株式会社 光邦

ISBN978-4-403-52587-2